四手联弹

[美] 王鼎钧 [美] 程奇逢 著

GUANGXI NORMAL UNIVERSITY PRESS
广西师范大学出版社
·桂林·

丨丨丨丨丨丨丨丨丨丨，丨丨丨丨，丨丨
丨丨丨丨？丨丨丨丨丨，丨丨丨丨丨丨，
丨丨，丨丨丨丨丨丨丨，丨丨丨丨丨丨
丨丨丨丨丨。
丨丨丨丨丨丨丨丨丨，丨丨丨丨，丨丨丨
丨丨丨丨丨丨。丨丨丨丨丨丨丨，丨丨丨，

序一

王鼎钧

这本书是我和程奇逢先生两人的合集，他的六万字，加我的六万字。为什么要出合集呢？我们执笔为文，自比为厨师出菜，把读者当作食客，有时候，换一种上菜的方式，就好像可以有不同的滋味，使大家更愿意品尝。

因此，我和程先生设计了一个专栏，同一个题目，每人写一篇不同的文章，合并在一起刊出。两人所见有时相反，有时相同，有时相补。文章先出手，我们称为“发球”，文章后出手，我们称为“接球”，发球接球，两人轮流担任。我们希望借着这种表演，使读友们忽然想起来，世事不止一个层面，人情不止一个角度，利害不止一个标准。感谢台北《中华日报》副刊主编李谦易女士采用了这个专栏，我和程先生是球员，她就是裁判。

这种专栏我们称为“千字文”，朝夕可成，很有成就感。当年在报馆工作的时候，排字的工友站在编辑台旁边等稿，你写一页他排一页，你写完了他也排好了，算是一种特殊的写作经验。天天写千字文，又觉得太受拘束，太格式化了，兴之所至，冲破藩篱，五千字六千字，自以为是长江大河了。其中“教科书里的人情世故”一系列文章曾在《南方周末》副刊发表，也是纳入朱又可先生采用的大型专栏之中，如此一收一放，也是一种快乐。

这本书所收的作品分成两辑，第一辑就是轮流发球的千字专栏，下面第二辑是我们两人比较长的文章。两辑对照，长文排列在下面，好像基础沉实厚重，使人联想建筑物的底座，短文重叠在上，灵活轻巧，使人联想建筑物的明窗花棂，再向上看顶层，书名、序文和目录薄薄一层，覆盖面广大，那就很像飞檐斗拱了！一本文集，并不是把许多性质不同的文章装订起来而已，其中也有美学的想象。

书成，但愿读友们开卷有益，也觉得步步稳健，拾阶而升，然后开轩卷帘，鸟语花香。每一本书都像一栋建筑，由作者的生命力建成，出版社平台展示，读者的想象力充满，岁月的藤萝增色。

这本书是我们两人的合集，不是合著。合集如合奏，如轮唱，如共舞，“子与人歌而善，必使反之，而后和之。”我们在写作时如秋空雁阵，比翼而行，冉冉升起。如白云出岫，前涌后继，絮絮滔滔。如心头一声，此响彼应，欣然忘食。文成自问：千字短文如池中取水，晶莹一瓶，天光云影，瓶中水是得到释放，还是受到拘束？万字长篇，大雨入湖，鱼群出迎，莲叶全开，这雨水是受到拘束，还是得到释放？

我们永远觉得尺有所短，永远希望和读者大众圆满合作，本书是我们的又一次实习。

序二

程奇逢

E.B. 怀特为《纽约客》撰稿，连续写了 49 年，从 1927 年到 1976 年，“一手奠定了影响深远的《纽约客》文体”。他的作品包括散文、随笔、评论、诗歌、杂文,《这就是纽约》至今被人传诵不断。法国作家加缪 1946 年访问美国，在纽约住了三个月，回国后写了《纽约的雨》，他称了解纽约很难，但这位诺贝尔文学奖得主文笔灵动，把纽约写得活灵活现。他俩写文章都有超越时空又直抵人心的本事。后来我选择定居纽约，不知是受了他俩文章的影响，还是因为我早就喜欢纽约，才特别有兴趣去读他们的文章？说不清楚。

怀特 1948 年写《这就是纽约》时，坚称纽约是世界的首都。我来纽约时，连我自己都怀疑这种说法了，但纽约对我仍然魅力十足，去苏荷东村像是读一篇散文，沿着曼哈顿按数字排列的街道漫步像是读随笔，而去中央公园、大都会博物馆则像是读诗。

格林威治村最吸引我，20 世纪 60 年代前后，一众诗人、艺术家像是冥冥中受到更早的大师们的指引，来到这里。他们揭竿而起，竿头上绑着自己那惊世骇俗的旗帜，冲击传统的藩篱，这帮才华横溢的人进行各种实验，有的成功，有的失败了。我读鲍勃·迪伦的《编年史》(*Chronicles*)及他女友苏西·罗托洛的《放任自流的时光》(*A Freewheelin' Time*),那时在格林威治村,到了晚上可以推开朋友的家门,在沙发或地毯上过一夜,白天去爵士乐酒吧的厨房里要一块三明治。终日,他们沉浸在创作的梦想中,过一种波希米亚式的生活。

在纽约也遇见老友新知。1985 年我在匹兹堡大学读书时,暑假空闲了些,写了几首诗寄给《美洲华侨日报》,收到副刊主编王渝热情洋溢的信,让我受宠若惊,没想到后来还一起在北岛主编的《今天》编辑团队里共事,一共十好几年。在纽约还遇到老友严力,他是一个十分有魅力的人,诗人兼画家,1987 年他就在纽约创办了《一行》诗刊,影响力遍及美国及国内,2018 年诗刊复刊,改名《纽约一行》,他又举办了海外唯一的中文诗歌节"法拉盛诗歌节",一时间,中文诗歌界风生水起。

喜爱文学的人在纽约不会不遇见鼎公,那是一座文学的高峰。有人说:"他一个人走完了中国现代史。"读了鼎公的回忆录四部曲,感到那正体现了 M.H. 艾布拉姆斯对史诗的定义。鼎公的格局比一般作家要大,他在栽培、鼓励作家写作方面不遗余力,为读者指点创作方法,讲解意象灵感,以新构想无私相授。我有幸承蒙大师亲炙,受益无穷。

现在,我虽身在海外,但北戴河的海浪,都江堰的风,凤凰古镇的廊桥，锡林郭勒草原的金莲花时时萦绕心头，不曾离去。下集中的几篇长文曾在刘倩女士主编的美国《侨报》副刊发表。近两年的专栏写作与李谦易主编时有文字来往，深感她的敬业与周全，对中华文化的热爱与博洽。

人生之路山重水复，峰回路转，来纽约幸会鼎公，去来文苑，这仿佛是命运的召唤。

上篇

下篇

上篇

中国神话大检阅

王鼎钧

网上盛传一篇热门文章，报道哈佛大学一位教授的演讲，这位教授“在激情带动下”称赞中国的神话优于西洋神话，能代表中国人以坚韧不拔的精神与自然斗争。

报道说，这位教授引用了钻木取火、大禹治水、夸父逐日、后羿射日、精卫填海。

友邦学者如此美言，我们当然却之不恭，请恕直言，却也受之有愧，因为中国古代神话最大的缺点是缺乏足够的想象力，名教授所举的这几个例子，钻木取火、大禹治水不能算是神话，夸父逐日、精卫填海最后的结局是人类失败了，而且中国古代神话没有建立一个有系统的天界，缺少神与神的斗争。这都是想象力不足的证明。

一个小姑娘在海里淹死了，也没提怎么落海的，如果没发生海啸，大海千秋万世摆在那儿，你不躲着它，自己也有责任。姑奶奶脾气大，硬要化成小鸟衔石填海，有个性！是个典型，但不能提高到中国人的特征。衔石填海不可能成功，但故事到此为止，也没有跟愚公合作，把两座大山丢进东海，制造一个岛屿来出口气。

嫦娥奔月没有下文，精卫填海没有下文，吴刚伐桂也没有下文，都是鞠躬尽瘁徒劳无功，因为想不出怎样可以成功，好像江郎才尽的人写小说，故事开个头儿，放下了，神仙还活着，神话先死了。牛郎织女高一档，每年有一度鹊桥会，挑动天下少女的神经，有永久的生命，不过也很可怜。

后羿射日成功了，十个太阳他射下来九个，这事非同小可，天象地质都该有出人意表的剧变，到今天火山海啸犹是当年余波荡漾。可是怎么样？天上掉下来九只乌鸦而已！太令人失望了！

哈佛教授褒扬的五个神话，夸父逐日应该排名第一，也就是压卷之作。巨人和太阳神赛跑，由日出扶桑追到日正中天，几乎追上了，也渴死了！人死并非一切消灭，何况夸父半神半人，他的骨骼变成山，眼睛变成星，毛发变成山林，血管变成江河。变幻风云，震撼心灵，可惜这一部分和盘古开天时相同！它对后世的文学好像也没发生重大的影响？

教授重视老子的一句话："天地不仁，以万物为刍狗。"神对人不怀好意，人只有靠自己，不能靠神，他认为中国上古时期的神话是在这种思想下产生的。说到神人之间的矛盾，中国人并未认为上古时期的洪水泛滥是神要灭绝人类，神并未变乱人的语言，使他们分散各地不能团结，神也并未派一个美女提着一箱子灾难下嫁人间。“天地不仁，以万物为刍狗”这句话只是陪衬，重点在下一句“圣人不仁，以百姓为刍狗”，老氏批评的是政治。

程奇逢

我在大学和研究所里读的是力学专业，我学的泛称“经典力学”，研究对象是常规物体，测量结果是唯一的，可用数学形式表达。20 世纪初开始，力学家把研究兴趣转向“宇观”与“微观”，量子力学“非决定论”经常使用的“推测”“大致看起来像是”“猜”，这些在经典力学课本中是不能出现的。量子纠缠、时空弯曲、黑洞、虫洞，这些玄奥的东西，令人想起人类的神话时代。

自然界总有些未知领域，人类在探索这些问题时，如果使用实证方式，得到的结果是发明。比如要取得火种，发明了击石或钻木；遇到洪水灾害，发明了堤坝和排水渠；为搬运东西的快捷，发明了轮子。如果使用想象方式，便产生了神话，如填海、追日、射日。射日神话一定是在夏天写的，被毒日头晒得不行了，又不能没有太阳，于是想象只留下一个，把其余的热源统统干掉。实证与想象，是人类物质生活与精神生活的两个矢向，无法做真与误的对比。

人类的童年时代，不同的民族都产生了神话，显示他们的民族基因与集体意识，后来的学者也从各个民族的神话中，分析他们的文化特点与历史走向。

在古代，人们对自然界的认识太少，历史记载也不多，突显神话的分量。到后来，有太多的事情要记录，神话就越来越不引人注意。但是现在神话这一命题就消失了吗？中国的神话是否只到先秦，西方神话是否只到亚历山大大帝？《牡丹亭》中杜丽娘死了三年后复活算是神话吗？汤显祖说："情不知所起，一往而深。生者可以死，死可以生。"《聊斋》里人鬼情未了的故事算吗？西湖边上白娘子、许仙、法海的纠结呢？

也许现在我们还在继续书写神话，只是被太多实用的事情挤压而没有感觉。现在有很多关于"穿越"的小说、电视剧。穿越剧先是在美国出现的，受虫洞理论的影响，认为存在着时间旅行，人可以在古今几百年间穿来穿去，中国作家学习了这种方法，再自己去创作，就像当年对魔幻现实主义的学习一样。

不久前中国有一部热门小说，叫《流浪地球》，与"夸父逐日"有点相似，某一天，人类预测到太阳能量即将耗尽，于是利用核裂变制造出地球推进器，赶在太阳毁灭前逃离太阳系。这种科幻作品与古代神话一个重要的区别是，科幻作品的作者并不相信他写的东西，只是出于娱乐与商业目的，而古代神话的作者都真诚地相信自己想象出来的东西。

我认识一个女作家，有段时间，总是缠着我，让我给她讲“量子纠缠”。我知道她那时正和一个白人同事谈恋爱，处在某种感情纠缠之中，背景是纽约曼哈顿。我向她泼冷水，量子纠缠和你的纠缠没有一点共通之处，我也无法给你讲清楚。诺贝尔物理学奖得主理查德·费曼说：“我可以肯定地说，没人懂得量子力学。”后来我想，如若她全心地投入神话想象，说不定能写出一篇有特色的小说。

人类对神话的续写，与对科技日新月异的发明，恰成一种奇特而有趣的对照，是绵延人类发展史的基因的一体两面。人类，在登峰造极的科技进程之中，也在怀念其最初的源头——那些如今依然盘旋在创作之中的永恒的母题。

十亿个掌声，十亿份思念

程奇逢

2009年5月我到北京，见到一位青年时代的朋友，他在款待了我一餐佳肴后，带点神秘地对我说，明晚还为你准备了一个节目。第二天，他陪我在保利剧院观看了一场“邓丽君金曲演唱会”。我看了一下入场券，票价880元人民币。演唱者是一位模仿邓丽君歌声很像的青年演员。我觉得还能值回票价的是见到了仰慕已久的庄奴先生，中场时，他被搀扶着上了台，那年他已经88岁，邓丽君许多歌曲的歌词都是他写的。

在大陆，听邓丽君的歌，成了几代人特殊的记忆，经历了“偷听敌台”“盒式录音带翻录”“靡靡之音，民热官冷”“全面解禁”几个阶段，每个阶段都带有深刻的时代烙印。

我读过一篇回忆文章，70年代末，作者还是一个“小屁孩儿”，哥哥姐姐常偷着做一件事，不带他去，让他觉得那是件该挨打屁股的事，后来他听到他们偷听的邓丽君歌曲，觉得好听极了。我也经历过那个阶段，那时录音机个头挺大，叫“砖头录音机”，如果是从香港流进来的，有双卡，可以翻录，一盘录音带可以翻录上百遍，即使音质差了，仍然能让我们陶醉在优美的旋律中。那时人们没有版权的概念，台湾有个统计资料，不无自豪地说，邓丽君唱片总销量达到 4800 万张，但在大陆，翻录出的录音带可能有几十亿盘。

邓丽君的歌声甜美、温婉、圆润，人也是这样。她唱歌像是在诉说，自然而真诚，她的声息运用与颤音都很特别，别人学不会，但她从不炫技。听过她的歌，好久以后，那甜美的声音仍在心中回荡。

我们这一代人很难忘记第一次听到她歌声的情形，连带那时的时代环境及自己的际遇，那时我们好年轻啊，一个时代刚刚结束，却没有什么顺理成章的未来可以期待。听邓丽君的歌，除了被音乐的美感动，心中也许还有与独行了几十年的“革命歌曲”隐藏的对峙。

20 世纪 60 年代末，邓丽君歌曲进入大陆的十几年前，曾有一支歌曲风靡了当时一个特殊群体，《草原之夜》以其舒缓、柔情略带忧郁的曲调，勾起无数知青对故乡亲人的思念，对未来命运的忧虑，一人唱起，周围的人便低下头，眼含泪水。

当时的知青没有人不会唱《草原之夜》的。音乐可能只有两种：你喜欢的与你不喜欢的。

音乐界几十年的荒芜，被一个人的歌声春风般地吹过，成了绿野仙踪，这个人不是在近 10 亿人中产生的音乐家，而是隔着海峡，从未踏上大陆土地的邓丽君。现在已经有很多抒情歌曲了，但仍然没有一个歌手像邓丽君那样成为“传奇”。

邓丽君的歌数量很多，题材广泛，会在不同的时刻打动你。我的一个朋友告诉我，她的闺蜜失恋时，把她请到家中，在眼中泪光闪烁不定的倾诉中，背景音乐是邓丽君的歌，她说那一幕令她至今难忘。

一直到现在我仍然喜欢邓丽君的歌，在她的歌声里，我生命记忆的碎片缈缈飘来。

王鼎钧

“醉枕美人膝，醒握天下权”，读到第二句吓了一跳，幸亏他醒了，如果醉握天下权，岂不成了酒驾。美人膝是最不性感的部位，何况人已醉了，四肢麻痹，头脑昏沉，可以当一幅静物看，如果醒枕美人膝，那就多么俗气！人人都有醉的时候，醒的时候，两种精神状态，各有各的生活样相。

岳武穆的《满江红》，一首词对两者都有所表现：“三十功名尘与土，八千里路云和月”，情感胜过意志，近乎“醉枕美人膝”，“壮志饥餐胡虏肉，笑谈渴饮匈奴血”，意志胜过情感，近乎“醒握天下权”。这首词有两个乐谱，一个是声乐家美声的唱法，“莫等闲，白了少年头”，细声，颤音，没有一点豪气，醉枕美人膝。另一个是阿兵哥进行曲的唱法，激昂慷慨，排山倒海，醒握天下权。

我们全体中国人也有“醒握天下权”的时候，例如十四年抗战，恕我直言，前方后方，没几个人喜欢白光李香兰。大家唱“在高高的山冈上，有我们无数的好兄弟”，“端起了土枪洋枪，挥动着大刀长矛”。“中、华、民、族”，字和字之间若断若续，“到了”，两个重音涌出，危机突然严重，这才是集体情感的出口。大家常用的成语“枕戈待旦”，那个“待”字使我们看到千万只睁大的眼睛，他们都醒着。

然后，由香港到台湾，有一个“醉枕美人膝”的时代，“为什么要对你掉眼泪，难道你不明白为了爱？”这是由香港流到台湾的第一支名曲。然后江山代有才人，以白嘉莉为“后”，崔苔菁为“妃”，夏台凤为公主，到了邓丽君，几乎人人都觉得她是自家妹妹，她的缠绵婉转流到一切有自来水的地方。请恕直言，这时候，大众对所谓战斗歌曲爱国歌曲又讨厌极了！好像“醉枕美人膝”翻身，对“醒握天下权”报了一箭之仇。

这两种歌曲的消长，伴随着一连串的文字论战，彼此就音乐争长争短。请恕直言，依那些音乐家的认知，无论你是郎呀妹呀也好，你是杀啊打啊也好，都是简单粗糙的玩意儿，钉头木屑，难成大器。但是我不能想象，如果没有那些铁铮铮的歌曲，我们如何熬过十四年战火，如果没有那些软绵绵的歌曲，我们如何度过台湾那个沉闷冗长的年代。这两种歌曲原是一对难兄难弟，虽然出生于音乐殿堂，却下坠凡尘人间烟火，社会有时需要这一个，踢开那一个，有时拥抱那一个，背弃这一个，轮流上台，轮流失意。

邓丽君进入中国大陆，创造了一个“小邓”的时代，大邓小邓并称，成为流行歌曲史最耀眼夺目的一章。中国大陆度过长期的千里冰封、万里雪飘，终于来了春天，邓丽君的歌，席慕蓉早期的诗，琼瑶的小说，都是最早飞进去的燕子。中国有幸，邓丽君有幸，我们生逢目睹，也何其有幸。后事如何，下回分解，还没有形成结论。

纽约街头艺人

王鼎钧

长安街头多丽人，纽约街头多艺人。并非纽约不如长安，而是我不如杜甫。丽人和艺人同是盛世特产，杜甫当年置身京华冠盖，有机会看见其一，我踯躅闹市，有机会看见另一。纽约市各大公司门外照例有一片空地，游民在此睡眠，路人在此抽烟，音乐家和画家在此卖艺。

最常见的是画家，坐在小板凳上为人画像，炭笔速写，二十分钟可成。你在被画家画像的时候有受尊敬的感觉，如果父母带着孩子经过，临时起意给孩子画一张，很能表示对孩子的宠爱，所以行人随时可能变成顾客。这一张人像多少钱呢？十年前行情，美金十元。十元又是多少钱呢？麦当劳有一种汉堡，九角九分一个，可见区区十元，不无小补。如果因缘凑巧，我就请他们画像，有时和朋友一同散步，连带也为朋友画一张，我并不需要画像，只是给他们捧场，我行走江湖，知道捧场的意义。

他们还有一个据点是地铁的车站，那地方本来禁止闲杂人等逗留，唯有这些街头艺术家例外，我经常遇见年轻的女孩子站在墙边拉提琴，音乐学院的学生，用这个方式赚零用钱。乘客中有行家，起了爱才之心，看看手表，驻足一听，放下一元五元，表示鼓励。我不是行家，我认为有一位艺术家在此度过他的艰困时刻，我过去站一会儿，对他有意义。我会留下一点儿钱，即使是两毛五分钱一个硬币，我也弯下腰来轻轻地放下去，我这一弯腰对他也有意义。我在地铁站结识了一位中国留学生，他在国内专攻民族音乐，胡琴拉得好，我着了迷，成为朋友。

我居住的这个地区，华人群居，人口密集，街头艺术家并不常见。有一年，突然出现了许多街头画家，一伙一伙十字街头排排坐，乞丐和擦鞋童跟他们争地盘，没得到店家的支持，尊重街头艺术家是纽约市的传统。这些新出场的画家并非都是年轻人，灰发银发参差其间。我前后请过六个人画像，得一结论，他们虽非画坛名流，若非街头奇缘，我请不动他们任何一个人。于是我忽发奇想。

我把这六个人请到一起，奉上红包，请他们为我的母亲画像。我只有姨母的一张照片，她和母亲，犹左手之于右手。我还有妹妹的照片，她和母亲，犹蔷薇之于月季。再加上我的口头描述，我问他们能不能画出一幅人像来。其中一个人说不能，放下红包，离席而去。一个人默然无语，挥笔立就，我一看，他画的是伊丽莎白·泰勒嘛！也任他收拾红包，扬长而去。还有四个人埋头尝试，咖啡也没喝几口，工作了两个小时，才长吁一口气。

那天我又得一结论：今生今世，我是永远不可能得到母亲的一张画像了！

程奇逢

在华盛顿住了十几年后搬来纽约，我常会把这两个城市进行比较，它们确实有很多不同，有一点令我印象深刻，纽约街头艺人多，纽约人对他们也友善慷慨。地铁车站车厢、马路街头、街心广场和公园里都有不少音乐家画家演奏、作画，围观捧场的人很多，演奏间歇时，观众纷纷上前捐钱，如果有带小孩的，他们会把钱交给小孩，让他们前去放钱，这是对孩子的言传身教？

华盛顿街头艺人少，观众也冷淡，可能两者互为因果。2007年的一天，早晨上班高峰时间，在华盛顿市中心朗方广场地铁站，一位身穿T恤衫，头戴棒球帽的小提琴手在演奏，上千人匆匆走过他的面前，45分钟，小提琴盒里只收到32.17美元。这个演奏者是获得过格莱美大奖的著名小提琴家约舒亚·贝尔，那天他使用的是1713年制造，价值350万美元的小提琴，这是个精心安排的小实验。

这个实验不能放在纽约做，两个地铁快车站间行驶的四五分钟内，车厢里几个黑人哥们儿翻翻筋斗就能收到三四十元钱，车子一停，他们立马转战隔壁车厢，接着翻筋斗。这和纽约新移民人数众多，族裔繁杂，人们对谋生不易的感同身受有关。

纽约街头艺人中不乏华人。旅居纽约的作家王渝写过一篇文章，她被拥挤的行人裹挟着进入地铁车厢时，突然听到一阵优美的小提琴声，马上逆向挤出人群，看到一个中国小提琴家在演奏，她欣赏了一会儿音乐，还与他聊了几句。那个小提琴家是我的朋友，他在纽约曼尼斯音乐学院上学时就靠在地铁里拉琴，挣够了学费和生活费，毕业后也没去找工作，继续在地铁拉琴，买了房子，还赚取了几个女孩的芳心，可惜都未成正果。现在他靠教学生为生。

纽约还有很多流浪汉，他们的人数肯定超过艺术家，因为做流浪汉不需要有一技之长，纽约人对他们照样慷慨和善，但我注意到，他们中间没有一张华人面孔。中国有句老话，“靠力气吃饭”“靠手艺吃饭”，这显现出中国人勤劳自强的坚韧性格，很多新移民来美时赤手空拳，他们胼手胝足，付出加倍的艰辛，养活全家，教育子女，他们的第二代第三代从他们强壮的脊背上攀登进而步入美国的精英主流社会，他们做了可敬的奠基者。

20 世纪 70 年代末，第一批大陆留学生到达美国，很多学艺术的人到了纽约。他们要交学费，要挣生活费，于是带上两个折叠小凳子上街，一个给自己用，一个给客人用，沿着路边排开，蔚为壮观。白天在学校上课，晚上在时代广场璀璨的霓虹灯下，为各国游客画像。他们互相交换租房、选学校的信息，还自编了《街头画画英语 100 句》。我的朋友张华杰街头画人像，请顾客看着他的眼睛，他用刚学会的英语说："Look at my ass"。现在他的英语已经炉火纯青了。

纽约的美术馆博物馆给了他们精神营养，当他们学业完成时，也从社会大学毕业了。现在很多人都回国了，成了大师巨匠，他们大名鼎鼎，我都不好意思直呼其名了，不知他们是否还会回忆起当年纽约街头画画的峥嵘岁月？

中央公园绿色的眼睛

程奇逢

从大都会博物馆出来，一转弯就进了中央公园。博物馆里空调开得很大，身体寒冷时，思想也僵了，僵硬如大理石雕像。一下子走进华氏 90 度的高温里，头有些眩晕，过了一会儿，思想慢慢活跃起来。首先看到的是满眼的绿色，草坡上绿草茵茵，剪切平整，不掩生命力的跃动，绿色草地上，身穿比基尼的少女在彩色毛巾上，或坐或卧，皮肤润泽，线条美妙，妙不可言。草地与少女的画，博物馆里也有，但公园里的这幅画图，更美……美得让我感到奢侈。高更说：“有两种美：源于自然本质的一种美和经过模仿的一种美。”前者显然是高于后者的。

中央公园有小丘、湖泊、山岩、车道，但绿色是它的主色。一块块草地，草高约两英寸，毛茸茸的，不由得想亲近它，坐下，躺下，赖在它上面。有备而来的，带着毛巾、塑料单，没有准备的，也就地躺在青青草地上，仰面望着蓝天白云。人天生向往绿色，对它有一种自然的情感。出生于纽约的诗人惠特曼把他的诗集取名为《草叶集》，“哪里有土，哪里有水，哪里就长着青草”。

中央公园的设计师奥姆斯特德与合作者沃克斯一百六十多年前开始规划时，就秉持保护自然及以人为本的观念。绵羊草原是中央公园一片宽阔的草地，1834 年前这里确实是牧羊的地方。现在虽然草地上不见了羊，却仍然保留了它原来宽阔的草原地貌，如此大片绿草茵茵的草地，让人在大都会中依然享受着与自然亲密接触的惬意与快乐。躺在绵羊草原上，眼睛平视的地方是绿色的草地，“一番桃李花开尽，惟有青青草色齐。”再往上看，是数丈高郁郁葱葱的大树，树的后面直接就是设计超前的曼哈顿摩天大楼，这样的层次形成中央公园的魅力。世界各大都会中都有城市公园，纽约中央公园的气势非凡，它不只是纽约市民的休闲地，而且吸引了世界各地的旅游者。

中央公园甚至保留着 1857 年规划之初的一片原始森林，这些千年古树，一百多年来，一直挺立在纽约的城市核心区域，这是多么不可思议的事。森林里林荫浓密，密林里特有的浓郁气味，使我忘记了是身处繁忙的大都会之中。后面的小湖泛出一些亮光，调和了这里的暗色调。林中修了一些步行小径，我坐在小径旁漆成绿色的长椅上，向上仰望，树木间隙处可以望见蓝天及飘过的白云，我无挂无念，脑子慢慢被挪空，与时间远隔，心轻得很。

我们在一个地方逗留久了，与一个人相处久了，会看到很多风景，留下很多故事，经历了潜意识的选择——屏蔽或者夸大，经历了时间对记忆无情的洗刷和淘汰，最后只能萃取或抽象出一个印象，心中的一幅画图。来过中央公园的人，无论是短暂游历还是无数次的造访，心中留下的就是中央公园与你对视的那双绿色的眼睛。

王鼎钧

看见公园，想起都市。由都市想到住宅，紧接着想起一句名言：广厦千间，夜眠不过七尺。这句话为了劝人安贫乐道，不惜言过其实，住家总不能像胶囊旅馆那样，一个人爬进去平躺着刚刚合身。设计住宅的人说，卧室的面积最多只能占住宅总面积的百分之二十五。设计都市的人也说，大都会寸土寸金，总不能寸寸都是钢铁水泥大理石，要有公园绿地，面积至少要占都市总面积的百分之十，最好能达到百分之三十。

这就难怪纽约市有那么多的公园，有那么大的公园。当年我初到纽约，正值金秋，想找个地方看红叶，经人指点可以去中央公园，这是我和这座名园第一次结缘。那么大的公园！那么多的树！可是红叶不多，有些叶子落下来了，大半是黄的，有些叶子还在枝头，仍是绿的。原来所谓红叶指一切变色的叶子，包括黄叶紫叶在内，这些树也就不完全是枫树，也有栌树槭树栎树。原来并不是每一年的红叶都好看，每年秋季的雨水和气温对风景有决定性的影响。那天我有些失望，幸而树林里飞鸟很多，“种花引蝶，种树引鸟”嘛！有鸟也不错。后来知道“纽约”最早的中文译名就是“鸟约”，莞尔一笑。

在这个出了名的大公园旁边，紧挨着一座出了名的博物馆，倘若这两个景点一个在上城，一个在下城，或者一个在东岛，一个在西岛，多少游人会选择其一，如今两者既然近邻，多少游人因为要看这一个，顺便也看看另一个。无奈一天只有那么几个小时，多少游客势必因为还有第二志愿，提前离开了他的第一志愿。我常陪远来的朋友参观游览，总觉得这两个景点好像互相替对方招徕顾客，又好像互相抢走对方的顾客。

1980 年，这个著名的博物馆把中国的苏州园林当作一个展出的项目，在馆中复制了中国明式古典庭院“明轩”，回廊、屋檐，窗棂、竹影，环绕着池水，亭子和太湖石。经过美式中央公园的对照，中国的苏式园林令人惊艳。看来看去，又觉得中国园林人工太多，自然太少，美式公园自然太多，人工太少。夕照中，第五大道上一回首，晚风烈烈，人影幢幢，他们开门时我在门内，他们关门时我在门外。

纽约市的治安越来越坏了！1989 年 4 月，一个白人女性在慢跑时经过中央公园，遭人殴打强暴，自此以后常有抢劫案发生。旅行业者传说，欧洲某几个国家的人到纽约旅行，遇劫失款，回去向保险公司报告，只要说遇劫地点是中央公园，不必再提任何证明，就可以得到赔偿，可见恶名昭彰。游人相约，进中央公园必须在中午，必须成群结伴，好像过《水浒传》里的景阳冈。我来纽约不过四十几年，看公园已有兴废盛衰之感了！不知这只绿色的眼睛如何看我。

不一样的雨声

王鼎钧

《中华日报》副刊有一篇《京都听雨》，触发我们的灵感。我也曾山中听雨。“山是脱离社会最大的一堆土”（许达然），这堆土确实太大了，如果换成平面，那就给地球增加了很多面积。山高，雨声也嘈杂喧嚣。地球上多了这么大的面积承受雨水，怪不得大江大河都在高山发源。流到江里河里，雨声变奏为波声。一条一条小河汇成大河，河流纵横交错，滋润大地，最后入海，雨声合奏为涛声。

也曾湖心听雨。湖是流水的中继站，大海的派出所，雨直接落进去，走快捷方式。由江中行船遇雨，不如湖中游船遇雨，更不如趁着天下雨，租一只小船进去，仿佛约会了雨。每一颗水珠都是一个小精灵，很想对话，问它们从哪里来，可能我在山中听过你，在江中遇过你，在湖中约了你。下吧，尽管任性吧，湖面完全敞开欢迎你，到了湖也算是到了家。

雨点沉默，专心在空中舞动，在水面跳跃，这才想起它们是音符，音乐是不说话的。它们在小船的顶篷敲鼓，在甲板上拍板，在湖水中拨弦，只要它脚尖一点，随处都是乐器。音乐不过是声音长短轻重高低快慢，留得残荷听雨声，留得梧桐听雨声，留得孤篷听雨声，留得西湖听雨声。最后的呼吁，你只有一个地球，留得地球听雨声。

也曾在干旱的土地上听雨。历史上有三年不下雨的旱灾，有五年不下雨的旱灾，河干涸了，山崩坍了，人怎么活！我很幸运，没见过。我见过由春天到夏天都不下雨，庄稼死了，地面出现裂纹，叫龟裂，“龟”是个多音字，跟那个缩在甲壳里的动物有分别，可是百度网说，龟裂就是裂纹像乌龟的背壳，我喜欢这个解释。天气太热，龟裂的地面温度很高，脚底板踩上去咬牙切齿，寸草不生，连个蚂蚁也看不见。我有这个经验，你没有，这是你的幸运。

如今要说老天爷忽然下雨了，而且是倾盆大雨，冷冷的雨点落在滚烫的土地上噼啪响，水蒸气往上冒，好像爆炸生烟，加上一声雷，也不知这是谁跟谁的战争。裂纹立刻把雨水喝干，面不改色。我听过那样的雨声，那是救命的声音，也是要命的声音。那是我愿意记住的声音，也是我愿意忘记的声音。平时那些求雨的人一起跑出来对天跪拜，人人嘴唇干裂，两眼红肿，接受雨水治疗。没人怕雷，雷声亲切，都想拥抱那雷，不相信那是上天震怒，天老爷没有理由震怒，如果震怒，也是鞭打那没有早点治水行雨的龙。

听雨，想象各种没听过的雨声。沙漠的雨声，书本上说沙漠偶尔也下大雨，沙粒会有回声吗？黄冈竹楼的雨声，整座小楼好像一架管风琴，太吵了吧？夜半雨声到客船，那又是怎样的一首诗？听说雨声催眠，有人写了雨声安眠曲，我听雨，睡不着。

程奇逢

我曾经“杭州听雨”，是在虎跑。沿一条缓缓上行的石板路上山，浓荫覆盖，路旁小溪在树林后忽隐忽现，若即若离，淙淙流下。

走到翠樾堂，天空飘下小雨，我没带雨具，便走了进去。翠樾堂是个著名的茶室，虎跑泉水泡龙井绿茶，那是绝配。我在屋檐下挑了一张小桌坐下，点了一杯龙井茶。

渐渐，雨密了起来，仍是那种淅淅沥沥的雨，像是江南女子在你耳旁絮絮地说着什么，有一搭没一搭的，你听着也并不上心。雨从天上落到屋檐，再从屋檐滴到眼前的石阶，两个层次，有了层递，显得柔和且意远。

翠樾堂及其周围的抱翠阁、山泉居、碧翠轩组成了一个建筑群，它们曲廊相通，月亮门相连，地势错落，中间是个庭院，颇有江南园林的意趣。园林建筑小巧灵秀，移步换景，蕴蓄深远，它们在雨的滋润下更加妩媚动人起来。

庭院中有棵桂花树，叶子大而密，雨打在桂树叶上，与雨打芭蕉、雨打梧桐的声音都不同，发出另一种声音，像是乐队中另一种乐器在演奏。雨打在游人伞上，紧绷的布面发出嘭嘭声，有伞的加入，人与雨两厢愉悦。雨落在院中已蓄起来的薄薄的水面上，溅起点点雨花，让人想象此刻西湖烟波上，可爱的一圈圈涟漪。

端起茶杯，恍惚中，外面的雨也像是打在了杯中的茶水上，龙井茶细芽有的立了起来，有的已张开成为叶片形状，像是回到了梅家坞的茶田里。杯中的水嫩绿清澈，喝上一口，清香四溢，清淡甘爽。

在这些典雅古意的轩阁环抱中，心神祥宁。越过翠樾堂的画梁飞檐，远处云山重重。在重复而又均匀的滴答声中，心已入静。屋檐下的人影，时间的流逝，全无感觉。这种绝缘尘虑，散淡逍遥的心情，真是难得。

有一个人的名字和虎跑连在一起，1918 年李叔同在虎跑定慧寺剃度出家，法号弘一。李叔同是个传奇人物，他家境优渥，自幼聪敏，25 岁时赴日本留学，考入东京美术学校，他在西洋绘画、音乐、戏剧、文学、书法领域都是开风气之先，成就显赫。正在声名卓著时，39 岁的他决意遁入空门，选择在虎跑定慧寺正式出家，从绚丽至极归于平淡。林语堂说：李叔同是我们时代里最有才华的几位天才之一，也是最奇特的一个人，最遗世独立的一个人。

弘一法师也听过虎跑的雨声吧？僧室窗外，空阶雨滴的无据，远方景物的空蒙，使整个世界寂然幽静，雨天的“空寂”与“无常”是两个有禅味的意象，佛家用寂然之心去观照万物寂然的本质。

不知什么时候雨停了，我沿着石板路下山，路边一片竹林里，竹叶上还挂着晶莹碧绿的水珠，雨后的空气，令人神清气爽。这次虎跑听雨的情景，在很多年后仍令我怀念。

都江堰：挽起历史长河的那一端

程奇逢

在成都玩了几天后，我就迫不及待要去慕名已久的都江堰。去之前，成都的朋友介绍我认识了都江堰技术学院美术设计系的刘老师。去一个地方玩，最好当地有朋友，玩起来常有意外的收获，特别尽兴。当然，没有朋友，该去也得去。

刘老师带我在当地的老街里七转八转地走着，这不是旅行团大巴走的路线。古城的小街宽不足丈，有些坡度，它是随山形水势而修的。两边都是青瓦木板房，人们在门口悠闲自在地坐着，与对门邻居，两两相对，说话打招呼都用不着起身。

渐渐有水声入耳，越来越响，巷子也就走到了尽头，到了水边，眼前一下子开阔起来。岷江在都江堰分成内江与外江，靠近城市这边是内江。在这里可以看到不远处的大河，河上高高的索桥，远山林木苍翠。好一个青山绿水、鸟语花香的地方，这就是一座大花园嘛，与“古代”“伟大工程”这些都江堰的标签都沾不上边。

我们继续走，来到内外江交汇处的安澜桥上，面对宽广汹涌的岷江时，我突然感到像是被什么东西抓住，一下子不能动弹了。远上白云间的是邛崃山脉，岷江从两山间的缺口奔腾而出，江水汹涌，波浪跳跃，向我迎面扑来，挟带着一种威武的气势，令人敬畏。我知道它的来头不小，从青藏高原一路收集了各座雪山冰清玉洁之水，充沛丰富，也夹带乱石杂草间的泥土，野莽厚重，然而就在脚下，它一下子改变了脾气，变得温顺起来，变成刚刚走过的老街里邻人相互的问候声。

刘老师向我讲解“鱼嘴”“飞沙堰”“宝瓶口”在岷江的分水、排沙、自动分流方面的功能，他一定时常带朋友来参观，讲解得十分专业，而我几乎没有听进去。我望着滚滚的江水，心中在想，都江堰两千两百多年的资历，是长城的前辈，也不遑多让雅典的帕特农神庙。当它们都砖石剥落，只把纪年的可考与历史评价的不可靠留给后人，僵硬地立在那里，矜持地向人们索取颂赞时，都江堰只是静静流淌，用千年不断的清清水源灌溉着丰饶的成都平原。

李冰父子在这里没有修建一座水坝，他们遵循自然法则，对水顺势利导。放眼望去，没有突兀之物，一切都藏在水中。就像李冰，历史隐去他的身世、他的著作，却永存他的丰功伟绩。

太阳西沉，刘老师带我去市中心，从这里走过去也很近。

1988 年以前，这里一直叫作灌县。一个“灌”字，既亲切，又怀有一种感恩的心情。现在这里已变成现代化的都市，马路宽阔，高楼林立，人群熙熙攘攘，很多国际品牌商店在这里都可见到。

一时间，我有些恍惚，时空错乱的感觉。都江堰一端挽起雪山下冰莹的溪流，一端浸润肥沃的千里田畴，一端响着战国的金戈铁马，一端闪着五颜六色的霓虹灯光。古镇，都市，风光秀丽的山水，举世瞻仰的宏伟工程都在这里交集。这多么奇妙！

你一定要去一次都江堰。

王鼎钧

多少年来，常听见有学问的人说，月球上没有生物，因为月球上没有水，火星上可能有生物，因为火星上有水。这句话在我的耳朵里，发音最重的一个字是“水”。水，多么寻常的一种东西，生命怎么会从它那里来？

另一些有学问的人说，远古时期，人类分别组成许多部落，有些部落不停地迁徙，就是为了找水，某一个部落悄悄地消失了，就是因为找不到水，集体渴死了！听来毛骨悚然，庆幸我们汉民族找到了黄河。

我们称黄河为母亲河，请恕直言，这个母亲并不很慈爱，常常泛滥成灾，吞没田地村庄人口家畜。黄河号称“铜头铁尾豆腐腰”，河水从上游带来泥沙，到中游沉淀，河底越垫越高，治河的人只有加高河堤挡水，一直弄得堤内的河水比堤外的地面还高，叫作“悬河”，这条大河就悬在你头顶上，河堤早晚要崩溃，“黄河之水天上来”，“黄河灾民”也就成了中国人的特殊烙印。没有水，固然活不成，有了水，也活得很艰难。

水，水，你无论如何不能离开它，无论如何你得想办法管住它，你得让它不能害你，只能养你，你固然不可以渴死，但是也不可以淹死。于是出现了一门学问，叫作“水利”。这个名词也有血有泪，要改变一条大河，你得有多少人，于是沿河征工，你得花多少钱，于是天下加税，人与天争，河道即战场，河堤也是血肉筑成，产生了多少英雄，多少先烈，多少深闺梦里人，于是一家哭矣！一路哭矣！可是游人来了只看见风景。

李冰父子建设的都江堰是中国水利工程的模范，他在两千多年以前，用竹笼装满了鹅卵石，顺着地形水势隔开河流，既增加灌溉的便利，又免除了淹没的威胁。他的设计充满了儒家的王道思想，不像水坝工程有太多的霸道，我听人讲说李冰的都江堰，好像读《三国演义》读到诸葛亮的八阵图，感觉有几分梦幻。其实都江堰工程又何尝容易！你得动员多少人伐竹？多少人编笼？

多少人搜集鹅卵石？多少工人站在水中、多少工人站在岸上？流水湍急，竹笼能撑多久？不断的汰旧换新，也是没完没了的噩梦，历史家毫不客气，写下四个大字“民不堪命”。可是游人来了只看见风景。

月球根本没有水，没有生物，省多少六出祁山。航天员登月成功的那一天，地球上多少人失望。火星如果有水有生物，想必也得有水利，自然非为人类而设，人类必须改造自然才可以生存，而滔滔澎湃都不是那么容易就范的。料想他们也有高坝，也有都江堰，我们如果到火星一游，也只当风景看。

诗人角

王鼎钧

我在台北居住的时候，每年暑假都有文艺夏令营。有一年借新竹清华大学校园举行，诗人痖弦主持，凤兮和我担任驻营讲座。痖弦把大礼堂的四面墙壁布置成看板，供文艺营的同学张贴新作，墙角贴诗，称为“诗角”，墙面贴散文，称为“散文墙”。

我曾以“诗角”为题对同学们讲话。为什么叫诗“角”？这个“角”是诗人的视角，诗人对人生自然有独特的发现，借用李健吾剧本里的台词：“诗人，他看见的，我们都看不见，我们看见的，他都看不见。”还有，诗人有独特的表现方式，我的老师说过，“诗有诗法，不恒等于文法”。诗园地就像两面墙的夹角一样，很纯粹，很集中，很小众。所以说诗如点，散文如线，小说如网。所以说诗如舞，散文如行，小说如奔。所以说诗如酒，散文如茶，小说如粥。

有人抱怨新诗难懂，诗本来就难懂，古典诗难道好懂？你读余光中，不能从星空看见希腊，你读杜甫，难道能从月亮看见长安？你读严力，奇怪他“喝着一杯一杯的诗，写下一首一首的酒，一边朗诵着酒，一边斟满杯子里的诗”，你读善慧大师，难道不奇怪他“空手把锄头，步行骑水牛。人在桥上过，桥流水不流”？你真懂断无消息石榴红？你真懂万古云霄一羽毛？如此这般，你我搞不清楚什么是“愤怒的葡萄”，也就无怪其然了。

我们不会忘记，当年文学革命，举出来的偶像是白居易老妪能解，主要论述的是古今中外一切好诗都用白话写成，先驱者追求的原是“好懂”。后来诗人自己挺身做证，诗是语言中的金玉，诗是文学体裁中的贵族，诗的读者是文学人口中的选民，诗声有别于市声。诗路的这一迂回甩掉了许多人，我们不能等待诗退回来，只有自己赶上去。

时至今日，我们恐怕不能再说“所有的好诗到唐朝已经做完”。唐人知道箫声吹出怀乡病，不知道号兵吹出来的是血丝，唢呐吹出来的是火焰。唐人知道玉露凋伤枫树林，不知道叶子缓慢片片剥落，像凌迟（张错）。你了解凌迟，才了解这一句独步，枯枝如骷髅，庭园如刑场，两个字天下人剐骨锥心。走路要轻，地球会痛，（王建勋）地球没有神经，你有。地球大，也是牵发动体。修一条铁路要开多少隧道，修一座大楼要挖多深的地下室，我们都住在地球的伤口里……

诗的疆域，新诗人犹在开拓。两条线形成的夹角，线延长，角的面积扩大。我们对他有期待，不能规范，他们的缺点，只有他们能改正，他们的成果，希望我们都能享有。一部文学史不是退化史，也不是进化史，而是流变史，善读诗者临流观变羡鱼。

程奇逢

在伦敦最古老的皇家大教堂西敏寺中，有一间面积只有 370 平方米的耳堂，被称为“诗人角”，120 位历代诗人作家在这里下葬或被立碑纪念。

站在诗人角中，我青少年时的阅读记忆被点亮，油然而生的是一种温馨的崇敬之情，是对那些熟悉名字的又一次温习，包括他们思想的瑰宝和华贵的辞章。

1988 年我第一次访问伦敦，那时离“文革”结束不久，遭受十几年书籍文化的饥馑，70 年代末一批文学作品重新出版，新华书店出现半夜排队的景象，这现象昙花一现。在诗人角我看到《双城记》《雾都孤儿》作者狄更斯，《简·爱》作者夏洛蒂·勃朗特，《傲慢与偏见》作者简·奥斯汀的墓，还有莎士比亚、拜伦、雪莱的纪念碑。心情激动，像阳光里的风吹醒满山绿野。

诗人角熙熙众人、跫跫足音，与英国历代君王棺椁前的青灯缥缈、游人匆匆一顾，形成对比。游历过几次后，我不禁在想：诗人与国王谁更伟大？

这涉及如何认识伟大。中国历代君王陵寝，规模无不出奇的宏大。秦始皇的陵还未挖掘，其兵马俑就已经让举世震惊，明十三陵、清东陵、清西陵都是占地超过几十平方公里，李白、杜甫、苏轼、欧阳修的墓冢却早已不存。秦皇、汉武，唐宗、宋祖被公认为伟人，我们称屈原、李白为“伟大的诗人”，我们心中有没有把他们当成真正的“伟人”呢？

在西方，文学家、哲学家、科学家受到举国上下普遍尊敬。牛顿去世时，伏尔泰正好在伦敦访问，看到牛顿葬礼上王室成员争相扶灵，民众夹道相送，他写道：“如果真正的伟大乃是来自上天赋予的了不起的才能，并且能将此才能用于启发自己与他人，那么像牛顿这种千载难逢的人，就真的是伟人了。至于那些政治家与征服者，哪个世纪也不短少。”

对君王与诗人，马基雅维利的《君主论》这样说：君主需要有狮子的力量与狐狸的狡猾，为了实现目标，可以不择手段。亚里士多德的《论诗人》是这样说：诗人是以他的精神深入生活的内核，向整个人类倾诉他的情感追求，赋予人类共鸣的音韵。

诗人奥登曾说：诗歌是诗人用语言及其组成的形式对抗时间的一种方式。诗人生活在他的作品之中，特别是他们所运用和创造的格律之中。他在《悼念叶芝》一诗中说:“时间崇拜语言。”奥登与叶芝都葬在诗人角。

中国是个诗歌王国，有着悠久的诗歌传统，许多人心中有个虚拟的诗人角，别的民族也是一样，而实实在在的诗人角，只有西敏寺这一个，仅此，就令人肃然起敬。

纽约地铁的滋味

程奇逢

纽约地铁的入口很像一个矿井的入口。狭窄，呈正方形，一直往下，通向晦暝的某个地方。

它没有矿井常有的沉井，每天几百万人自觉自愿地沿着破旧的台阶，走到地下几十英尺的地方。老人们贴着扶把慢慢地走，神情像哲学家那样专注和凝重，他们大约是在思考，尚存力气用尽之时和哲学谜题破解之时，哪个先来到？年轻人则欢快地跳跃着往下跑，还有等不及季节的转换，提前露出修长大腿的女人。婴儿则被放在婴儿篮里，被父母小心地提着。这是一幅完整的人生的图画。

下矿井需要一顶装有矿灯的安全帽，下纽约地铁则需要一张储有钱值的磁卡，以前是一枚金属硬币。

纽约的地铁，矿脉很丰富，几十条线路，通往每一个街区。我常常为纽约担心，上面承载太重，那么多密密麻麻的摩天大楼，下面又都被挖空，万一哪天地面承受不住，整个城市塌下去怎么办？别忘了，曼哈顿只是一个小岛而已。

除了有怕它坍塌的恐惧，我也认为魔鬼梅菲斯特就住在里面。它诱使纽约人与它订立协议，人们可以在纽约的酒吧里饮酒作乐，可以在街上追逐少女玛甘蕾，但是每上下地铁台阶一次，就要把生命中的一天交给它。

在纽约地底下煞有介事急匆匆跑来跑去的，其实就是一个个由铁皮、塑料和玻璃组成的封闭盒子，这些材料里玻璃最重要，有了玻璃窗子，我们才知道自己在移动，也可以看见别人移动。

我坐地铁时总是无精打采的，不会带上一本书，更不会在摇晃的车厢里赶写工作报告，只有超车时，我才会打起点精神。纽约地铁，除曼哈顿中心地段外，分快慢车。慢车在两站中间会跑得快一点，从后面追上我坐的快车，然后有一段几乎平行，快到站时，它减速，我们飞快超过它。在平行行驶的短暂时间，对面车厢里的人在做什么，看得清清楚楚。一个苗条的女子举着小圆镜子，正在悉心补妆，旁边一个穿短裤的胖女人，翘着大腿，根据我的目测，那腿的直径约等于那女孩腰的直径。一个亚裔中年人闭着眼睛，头歪向一边，连他疲惫的脸色我都看得很清楚。

观察对面窗户里的人，有点偷窥的意思，从道德层面讲是不好的。但在纽约，人被逼着偷窥。两栋楼离得那么近，华灯初上，对面窗帘还没来得及拉上，里面的人做什么，你只要抬头就看得到。别傻了，他也在看你。这在纽约没什么，也没办法，太拥挤了。

凡是那些高调门说教道德的人，其实是最有偷窥癖的人。你不知道吗？纽约是全世界报纸、期刊、电视台最多的城市，故记者也多，还有政客。

地底下应该是黑暗的，但每个车站都被伪装得光彩亮丽。纽约地铁，是黑暗与光明、真实与虚幻、荒诞与理性不断交替中的一种寂寞。你即使走出地铁，它上面熙熙攘攘的城市里所发生的一切，也和这样的反差与寂寞如出一辙。

王鼎钧

有一个人，来到纽约，打电话给他的老同学："我想学习如何在纽约生活。"只听得电话线的那一头儿说："别担心，你已来到世界上最容易生活的地方。"

老同学马上教他做两件事，一件是如何进麦当劳点汉堡，一件是如何坐地铁。"前一件事保证你饿不死，后一件事保证你困不死。一个人吃得饱又能自由行动，纽约自有你一片天地，咱们一块儿上。"

这位老兄把麦当劳和地铁相提并论，颇有见地。麦当劳号称“速食”，地铁可以称为“速行”，也就是台湾说的捷运，日本说的快速交通系统。汽车在市内行驶，每小时只能有 30—40 公里，地铁快车的速度可以达到每小时 89 公里。它为什么能快呢？因为它在地下有专用的车道，没有十字路口，没有红绿灯。

可以想象，这是多么大的工程。难以想象，倾国倾城修地铁，并不是修王室的御道，也不是修哪一部分人的秘道，而是为大众辟奋斗之路。地铁的造价那么高，票价却那么便宜，我写这篇文章的时候，单程票一张三元，如果你买月票，不限乘坐的次数，出出进进平均计算，每次车费大概一元五角。一元五角是多少钱呢？麦当劳的咖啡，老侨称之为“拿铁”，每杯二元四角。不到一杯咖啡的价钱，你可以坐上去奔驰七十八十公里，这样你才可以东西南北深入人力市场，披荆斩棘。

奋斗，明白吧，奋斗不是安步当车，不是知足常乐，不是孔融让梨。奋斗需要学习，从学习坐地铁开始。快车进站只停两分钟，车门由打开到关上只有一分钟，你当然不能推挤，你也不用礼让，上下班尖峰时段，地铁站月台上没有老弱。你需要敏捷，这种在推挤和礼让之外的敏捷是一门功课。当心孩子上了车，车门就把你和孩子阻断了，当心你身体进了车厢，随身包被车门夹住了。休要怪站务人员说话粗暴，他怕一句话还没说完，列车开走了。他也是在奋斗。

纽约地铁每天有五百多万人次乘客，也就是五百万身家性命投入，地铁牵动的这条线上，没人没精打采，没人三心二意，没人犹豫不决。这是奋斗的地方，车站旁总有一点儿骚臭的空气，车厢里总有些狗偷鼠窃，入口出口的地方总有乞丐酒徒游民精神病患者。钢铁冷漠，车身明亮无色，不顾一切冲出去，隧道漫漫，终有尽头，不只是麦当劳在那一头儿等着你，头上还有青天。不可能称心如意，不可能完美无缺，关关难过关关过，船到桥头自然直，这就是奋斗，这就是地铁。

地铁不眠不休，入口永不关闭，来吧，它等着你开始你的纽约生活。

摸象

王鼎钧

“盲人摸象”是从印度输入的寓言，摸到象鼻子的人说，大象就像一根管子，摸到象耳朵的人说，大象就像一把扇子。摸到象牙的人说，大象像一个大萝卜！摸到象身的人却说，大象就像一堵墙。摸到象腿的人说，大象就像一根柱子。抓到尾巴的人说，大象活像一条绳子。中国人可能暗笑编造这个故事的人太幼稚了，把它当作童话教孩子读。

苏东坡不然，他仿制了一个双目失明的人，这人生来目盲，不知道太阳是什么样子。有人告诉他太阳的形状像铜盘，他后来听见清脆的响声，以为这就是太阳了。后来有人告诉他太阳的光像烛光，后来他摸到一支箫管，以为这就是太阳了。这一次，大文豪令读者失望了，这个故事不但没有大人的智慧，也没有儿童的趣味。

盲人凭触觉认识世界，有时候特别动人，美国女作家海伦·凯勒既哑且盲，她和美国总统艾森豪威尔见面的时候，用手掌抚摸艾森豪威尔的脸，镜头传遍世界。海伦·凯勒也参加音乐会，音乐演奏时，她用手掌贴在椅子的把手上，感受椅子的震动。她这样一点一点认识世界，跟你我一样。

广义言之，我们都在摸象，印度人用这样一个小故事启发我们，我们都不能一次摸遍大象的全身，要不停地摸下去。“少年读书如窗隙窥月，中年读书如中庭步月，老年读书如高台玩月”，是摸象，“看山是山，看水是水；看山不是山，看水不是水；看山仍然是山，看水仍然是水”，也是摸象。你摸到局部，摸遍每一部分，把每一个盲人摸到的那一部分集合起来，局部是过程，全部是结果。

现在流行两个名词，一个是“立场”，一个是“历史记忆”。有人问：“你挨过饿没有？没挨过饿的人不配跟我谈人生。”有人问：“你参加内战了没有？没参加过内战，不配和我谈历史。”其实“挨饿”只是人生的一部分，“内战”也是历史的一部分，局中人更应该知道局外。大家一起摸象，摸到一条腿也是贡献，但是不能拿起柱子来打一同摸象的人。

想起蒋捷的那首词，《听雨》：

少年听雨歌楼上，

红烛昏罗帐。

壮年听雨客舟中，

江阔云低断雁叫西风。
而今听雨僧庐下，
鬓已星星也。
悲欢离合总无情，
一任阶前点滴到天明。

这首词可以算是他的摸象回顾，他不用故事，用诗，充满感情，读者几乎忘记思考。少年，享乐，中年，奋斗，老年，豁达，各有收获。或者少年，家宅，青年，旅社，中年，湖海，老年，星月，也各有收获。只要不是太愚昧，终究能把管子，绳子，柱子，扇子，还有一面墙，像拼积木一样拼出一头象来。

程奇逢

盲人摸象的故事，很小就听过，忘了是小学课本上有的，还是从课外读物里读来的，反正周围小朋友都知道。小孩子可爱，你教什么，他都深信不疑，长大了，就不好玩了，他们学会了怀疑，会跟你顶嘴。

后来我再读这个寓言时，不免想到，人们认识事物，了解这个世界时，是不是都只能了解其中一部分呢？也许是这个侧面，也许是那个时刻，而且常常止步于成功地把局部现象拼凑成全局认识之前。

如果有人参加“纽约两日一夜游”，参观第五大道、中央公园、时代广场，他会告诉你，纽约无比豪华盛丽，女人们美艳撩人，衣饰穿着引领时尚潮流，不愧为世界之都。如果有人来法拉盛探亲，亲人忙于餐馆生意，没空带他去玩，住了一个星期，人们问他对纽约的印象，他会说：“有什么呀，还不如我们县城。”我的纽约朋友们，对纽约的情感呈两极分化之态势，爱的爱死，恨的恨死，这取决于他们摸到了纽约的哪个地方。

这个印度寓言讲的是哲学上认识论中认知过程的问题。康德考察人类认识能力，得出“不可知论”的主张。

人类有生理局限，我们虽然不是盲人，但是看不到红外线，虽不耳聋，但听不到超声波。当然这两个物理问题人类已经解决，尽管如此，以后仍然有粒子、量子等问题。

我们有历史局限，曾经认为地球是平的，太阳绕地球转，40年前，还不能想象人们可以通过手机在世界各个角落里随时通话和视频。我们知道，很多现在无法想象的事情在将来都可能发生。

我们还有情感局限，如果有人就是喜欢扇子，他就专门去摸象的耳朵，乐此不疲，罔顾其他。

所以从终极的观点来看，人类只能认识局部和现在，无法认识世界的真理，本质上，我们始终是个盲人。罗素的一本重要著作《人类的知识：其范围与限度》，标题就已经点明了他的观点。

苏东坡对这点似乎也有先觉，在庐山游历了很多景点，但他承认“不识庐山真面目”，“横看成岭侧成峰，远近高低各不同”令他困惑，他把其原因归结为“只缘身在此山中”。但如果有人存心跟老夫子抬杠，说您老如果不入山，不看“飞流直下三千尺”的瀑布，也不看“青天削出金芙蓉”的五老峰，远在山外，就能识得庐山真面目了吗？不知他会怎么回答。

哲学如果能让人们了解人类的困境及局限性，这是好的，如果读了之后，让人们绝望了，就不好了。对于破解偏见的必然性及难以获得全局结论这两大难题，认识论学者，鼓励人们用常识来解决当前遇到的困境。常识是一个生活在社会中的心智健全的成年人应具备的基本知识，它基于敬畏自然，而不是敬畏某种意识形态。

美国独立战争期间，托马斯·潘恩的《常识》在建立自由独立国家的斗争中起了巨大的作用。当今，在摆脱政治利益集团的思想控制，揭穿互联网上铺天盖地的反科学、伪科学谎言中，常识仍然是最好的武器。

街头雕塑

程奇逢

人们普遍认为大地是平的，而纽约则不然，曼哈顿自有一个纵向的笛卡尔坐标。电梯如同道路，在几十秒里把你送上60层高楼，轻盈平稳，如平地行路，只是坐标系翻转了90度。

北岛说，“纽约人像鸟一样栖息在水泥森林里”。但这森林中也有一些空地，几条主要大道街角处留有一些稍大的地方，人在那里脚踏实地，被悬挂的错觉得到纠正，紧张的生活节奏里出现休止符，人们找到几许清闲气爽的感觉。这些地方大多放置了一些雕塑作品。

纽约的街头雕塑也与别处不同，它们多为现代模式，随心所欲地运用后现代及超现实的表现手法，这恰如其分地表现出纽约人的性格及当下的生存状态。

希尔顿酒店街角空地上，有一尊“断臂的维纳斯”，原件是古希腊大理石雕塑，在这里使用了青铜材料，用罗丹的未完成状态的涂抹手法，以显示现代性。靠近中央公园处，一个商店橱窗前有一个蓝色的男人雕塑。他头、腿及穿着的衬衣、外套，由多角度的切削平面组成。这个匆忙的纽约上班族，让人联想到正在附近百老汇上演的喜剧 *BLUE MAN*。

纽约街头雕塑中最受人们喜爱的是位于第六大道及 55 街交会处的 LOVE 雕塑，雕塑前面永远有人排着队等待照相。这是美国波普艺术大师罗伯特·印第安纳的作品，大写的 L-O-V-E 四个字母排成上下两排，其中字母 O，呈 45 度倾斜，斜倚在 L 身上。字母为红色，字母内侧漆成蓝色。整个雕塑高约 4 米，有一个 30 厘米的台阶，人可坐在上面拍照。

一个妈妈把小女孩塞进字母 V 上面，两个男孩子自己爬上 E 字母上下那两个空隙里，妈妈笑着坐在台阶上，爸爸先拍了几张照片，然后请别人代拍，他自己站到雕塑左侧，靠着字母 V，一张幸福的全家福。他们都很有创意，也都找到了自己的位置。

在爱面前，人的创意灵感如泉水般涌出，月夜阳台下的吉他弹唱，99 朵玫瑰花的奉献，用直升机拉上布条在女孩儿家上空来回飞行，示爱花样的更新比苹果手机换型还快。一天我去纽约高架公园散步，一架喷气式飞机在哈德逊河上空喷出白烟，湛蓝的天幕上出现大字 I love Christina。海涅的诗《告白》里用浪漫主义的语言写道，要在天幕上写上“阿格涅斯，我爱你”，这景象竟然真的出现在纽约的天空上。

2006年台北101广场矗立起LOVE雕塑，与曼哈顿街头的那座尺寸一样。上海浦东、东京新宿、法国尼斯、英国德贝郡也都有这个雕塑。罗伯特·印第安纳让LOVE成为世界共通语言，当全世界用别的语言系统沟通失败时，请试试LOVE这个语言。

大多数来拍照的情侣或夫妻都是把相机交给别人，然后摆出各种亲热的姿势。一个妙曼女子倾斜身体，抱住情人的脖子，右脚向上翘起，像是那个字母O被轻轻推倒。一个少女绕到雕塑后面，从镂空的间隙里探出头，把一只手托在腮下，吹出爱的气息，像是要吹活走在纽约路上的每一个生灵。

爱吧，趁韶光尚在，趁花正盛开。

王鼎钧

看见题目，想起一张照片，有位雕刻家在路旁摆了一只眼睛，俗话说："一张纸画了个鼻子，好大个脸！"现在看这张照片，这么大一只眼睛，那得是多大一张脸！

雕塑家为了让人家注意他的作品，也是想尽办法，他居然在干燥空旷的道路旁边摆下这么大的一只眼睛！初次看到的人难免吓了一跳，眼睛怎么可以脱离身体，掉在地上！可是这只眼睛很大方很温和，好像并没有和他的有教养的身体分离。长路漫漫，风尘仆仆，这样一只眼睛如同沙漠清泉，使行人忘记辛苦。记得当年，“大江东去，长安西去”，为抗战走遍天涯路，烈日之下，走得你嘴干舌苦。路旁常有行善积德之人，在树干上挂了一个牌子，上面写着“施茶”。这只眼睛使我想起那些眼睛。

每一种艺术品都有尺短寸长。若非有人提醒，我们都忽略了雕刻是没有睫毛的，倒是小朋友们立刻发现了，照片上他们四个站在雕塑后面，在眼睛上伸出一排小手，以想象力补其不足，这个举动不但在风景中增添童心，也显示了这件雕刻有多大多高。怎么知道是小朋友？你仔细看这八只手，很小，很嫩，指甲剪得整齐。男孩还是女孩？看见衣袖的大概是男孩。其中有一个右手戴着腕带，也许是篮球队的队员？

古希腊留下的雕像，眼球凸出，没有神采，好像是盲人。文学一步跨进来解释，爱神如此，因为爱情是盲目的，情人看不见是非利害。法律正义之神如此，包青天铁面无私，不分亲疏贵贱。其实呢，内行人说，人的眼球眼珠瞳仁是随光影变化的，古代的雕刻家不知道怎样表现这种变化，到了某个年代，有一个什么人，他在雕像的眼球上凿一个小孔，问题立刻解决了。你看照片上的这只眼睛，果然！好比螺丝钉出世的时候，螺丝帽光滑完整，像维纳斯的眼睛，使用很不方便，后来有一个工人，听说仅仅是一个工人，建议在螺丝帽上做出一条沟来，其效应之大，等于雕像的眼眶内有了眼球。小兵立大功，这种事不仅战场上有，可是历史上留下名字的是大将军。

前面说过，雕塑家为了让人家注意他的作品，也是想尽办法。现在加上一句：有时候不择手段。华尔街上那只牛我很不喜欢，“牛市”表示股票上涨，股票上涨表示经济繁荣，国力强大，于是股市大本营门外的这只牛血气汹涌，肌肉膨胀，随时准备牛刀小试，撞死几个来往行人。我在绘画中见过卧牛，耕牛，奔牛，游泳的牛，华尔街上这头牛实在是疯牛，我也在电视上见过疯牛，撞死农夫，撞死警察。

这又算什么呢！我还见过把圣母像装在保险套里的呢！我还见过把自由女神关在监牢里面的呢！……我又算什么，能见过多少呢？

屈原何以自处？

王鼎钧

又到端节，又忆屈原。屈原的故事家喻户晓，他是投水自杀的，我认为他不该自杀。

屈原是战国时期楚国的大臣，他最后自杀，因为楚王“开除”了他。他之所以被开除，因为楚王犯错，不听他劝告，他急了，说话不知道拿捏轻重。楚王之所以不听他的话，因为楚王相信他的政敌，那人叫靳尚。历来忠臣有一个毛病，为了打击政敌，去打击君王。“君王是犯错的动物”，这是人性，“匹夫不可面斥其过”，这也是人性，焉可只知其一，把自己推上绝路？屈原本来不必自杀。

忠臣大都想不通，他忠诚为国，怎么还有人反对，那人明明害了国家，怎么还能得到君王的信任。他不知道，或者不愿意知道，君王不能让任何人有绝对的权力，他一面把权力给你，一面要安排另一个人来分权夺权，使你不能为所欲为。你屈原不需要政敌，楚王需要靳尚来做你的政敌，靳尚是你的政敌，你也是靳尚的政敌，在楚王眼里，你们两个并没有什么贤愚之分。楚王这一套，古人叫帝王术，今人叫游戏规则，屈原应该接受规则，大家一同游戏，眼底只见广坊，怎么会是绝路？他本来用不着自杀。

人生在世，祸福成败要看他遇上什么样的人。每个人都有他的个性，有他的人格，你自杀也不能使他变成另外一个人。俗话说大丈夫有三声无奈，妻不贤，子不肖，麻将不上张。可能需要解释一下，麻将是中国的牌戏，你盲目拿十三张牌，然后随机摸牌吃牌碰牌，把杂乱无章的十三张牌组成某种格式，不上张，就是你得不到你需要的牌。到了屈原，这三句话可以改成君不贤，臣不忠，麻将不上张。西方人打梭哈，好牌不来，他可以把手中的烂牌往桌子上一丢，这一局我退出。打麻将不同，无论如何你得一直打下去，竭尽所能组织你的牌，不计成败，这是中国人的哲学。这才说，屈原不该自杀。

秦灭楚国是屈原的大恨，但是在文学史上，屈原统一了六国。他创造了一种叫作“骚”的体裁，继《诗经》之后居中国文学的主流，骚影响汉朝的赋，赋又影响了六朝的骈文，骈文又影响了唐朝的律诗，唐律又影响了宋词，直到梁启超，胡适之，余光中，余秋雨，笔下犹可见骚赋的加持。这才是“经国之大业，不朽之盛事”，相较之下，楚国一世的政权算不得什么。屈原死时大约 62 岁，死后 55 年楚国灭亡，楚国的残山剩水还有足够的时间让他吞吐开阖，文学史为他再添几页，那又是何等光景！“公无渡河，公竟渡河，渡河而死，其奈公何！”他实在不该自杀。

程奇逢

屈原是中国第一个真正的诗人，第一个以个体形象出现在历史上的诗人，一个独唱的灵魂。

“风骚”，“风”是“国风”，“骚”是“离骚”。一个历经几百年的诗人群体占了一半，屈原自己占了另一半。

《楚辞》是中国文学史上仅有的几座高峰之一，而且是屈原自己一人独撑的。《楚辞》语言之美，摄人心魄，影响了两千多年来的中国文人。英国人在评论莎士比亚时说，他创造了许多英语词语，使得英文大大地丰富了。屈原也创造出许多色泽艳丽、情思馥郁的词语，大大地丰富了汉语，“衣被词人，非一代也”。我们想到年岁更迭，“日月忽其不淹兮，春与秋其代序”，感到人生苦短，“惟草木之零落兮，恐美人之迟暮”。

诗人似乎需要有不同于常人之禀赋，诗人命题用词造句用的都是神来之笔，并不是得力于技巧，而是凭借天赋。屈原在他的诗中经常使用神话的思维，他喜爱梦幻神游，喜爱人神交会，笔下的东皇太一、云中君、湘夫人、东君、山鬼如此让人着迷。他把日月风云天神鬼怪都召唤入诗篇中，辞彩绚烂，意象飞腾。他那个时代，黄河流域已进入“宗法社会”，置礼制于首位。而楚地仍存“巫风”，不为礼法所拘，思维活跃，与自然更贴近，巫文化也将生前生后两个世界联系起来。

屈原的诗中就经常用隐喻的手法表现他对于死亡的理解与阐释。“佩缤纷以缭转兮，遂萎绝而离异”，“伏清白以死直兮，固前圣之所厚”。死亡本是一种哲学命题，由于屈原的神话思维，由于他满怀情感地上天下地探索追问，使得屈原有了一种独特的领悟。《离骚》中上扣天阍，令羲和弭节，令凤鸟飞腾，使望舒先驱，使飞廉奔属。诗人在这境界壮阔，气势恢宏的神游中，实现了对死亡的超越。

现实生活中，屈原忠而被谤，见疏遭贬，流放汉北，继而放逐江南达 18 年。传统的说法，公元前 278 年，秦将白起攻破郢都，屈原悲痛绝望，自沉汨罗江，以身殉楚国。但那时离楚国灭亡还有 55 年。

毋宁说，是由于屈原浪漫的神话思维及独特的生死观，他自主地选择了一个时刻作为此生的终点，而进入另一个他相信的浪漫境界。他当然可以等，但他没有。那里有他喜爱的香茅兰草、杜若蕙芷，纷纷总总，斑驳陆离。

楚地先民，继而华夏后裔，便也以浪漫的方式纪念他们浪漫的诗人，他们记得香草美人，记得春兰秋菊，记得他的正直，记得他的求索。于是他们在有江河的地方划龙舟，在有村落的地方包粽子。在当时，楚国人民把对神的祭祀转为对一个他们崇拜的人的祭祀，似乎没有太大的困难，他们一经决定祭祀，就信守不渝。在一个又一个五月来临时，他们从未忘记过。这不，又到端节，又忆屈原。

BBC 纪录片《杜甫：中国最伟大的诗人》

程奇逢

2020 年 4 月，纪录片《杜甫：中国最伟大的诗人》在英国广播公司（BBC）播出后，在华人观众中引起巨大反响。制作人是英国资深媒体人迈克尔·伍德（Michael Wood）。据称，这是首次以纪录片形式，将杜甫介绍至全球，拍这样一部纪录片，要对诗人的作品和成就以及对中国历史有全面深刻的了解，但这些显然都在伍德的知识范围之外，他追求的是娱乐性的目的。

影片开始介绍杜甫的一个“重头戏”是说，杜甫从小丧母，由姑姑收养，与姑姑的儿子同床睡，一天一个女巫路过他姑姑家，预言这两个孩子只有一个能活，是睡屋子东南角的那个，姑姑将自己的儿子挪走，把杜甫搬到东南角，结果姑姑儿子死了，杜甫活了下来。接着是影片中一个孩子（杜甫）高昂着头，沐浴在阳光下，即是沐浴在神的光中，影片说：在幼儿时，杜甫已经感觉到自己身上的“天命”。

影片中讲杜甫一生不得志的原因，是他参加的那次科举涉及一场“风波”，导致他落第，这件事在中国历史上并没有确切的记载。影片说“杜甫通过一个朋友把他的诗送给皇帝，皇帝读过后召见了他，最终他在朝廷中得到了官位”，影片中出现大殿上皇帝面见大臣的场面。纪录片说，杜甫曾经写道：“我在朝议中没有地位”，说杜甫想成为一个重要的能影响皇帝的人。伍德对中国科举史、官制史完全不了解，伍德不知杜甫的官位有多低微，这样的描述令中国人觉得怪诞。

在中国诗歌史中谈杜甫离不开李白，杜甫的《梦李白》人称“千古交情，惟此为至”。但纪录片中是这样介绍李白的：“经常醉酒，斗性十足，是青楼常客，他在斗殴中杀过人。”这与中国人对自己所崇拜的唐代大诗人的形象完全不能契合。

这部纪录片与中国古诗史实的差距那么大，恐怕与伍德给纪录片定的副标题“中国最伟大的诗人”有关。在西方人眼中“最伟大的诗人”都是写出过“史诗”的，从古希腊荷马的《伊利亚特》《奥德赛》，到但丁的《神曲》、歌德的《浮士德》，在史学、史官产生之前它们代替历史的叙述，间插神话、传说，后来的史诗也是充满戏剧性、故事性的。

而中国诗歌重在情感表达，即使是一些长篇叙事诗，如《孔雀东南飞》《长恨歌》，最后仍落实到抒发情感之处。而中国人尊称杜甫为“诗圣”，并不在他的传奇性、神秘性，恰恰相反，是由于他始终与百姓的生活贴近，《三吏》《三别》写出了民间的苦难。

中国自古史学发达，拥有完整的历史叙事，而且在史书里大展文学风采，如“荆轲刺秦王”“赵氏孤儿”，史学代替了史诗的地位。伍德大约不谙其详，仍以西方的观念抒写杜甫，于是出现漏洞。

纪录片中引用杜诗十五首，大都不是杜甫的代表作，而是他自述身世的杂诗，英文的翻译也不怎么好。不同文字诗歌的互译确实很难，对不同文化精深的了解更难。

王鼎钧

英国资深媒体人迈克尔·伍德，为中国诗人杜甫制作了一部纪录片，在 BBC 放映，把一个冷门题材炒热了。他是怎么办到的？

今天制作电视节目，即使是在 BBC，也要考虑怎样迎合大众的趣味，有学问的人创了一个新词，叫“媚俗”。欧美人士很关心一个人的童年，杜甫由姑母抚养长大，观众需要情节，于是伍德以《圣经》中的“替死”为原型加进来一个女巫。有一年瘟疫流行，女巫告诉姑母，两个孩子只能保全一个，这个姑母了不起，牺牲了自己的孩子。

另一个场景更明显，杜甫写诗，“颇学阴何苦用心”，“转益多师是汝师”，经过一番努力学习，可是观众哪有这个耐心？于是伍德从《圣经》里面拷贝了一个戏剧性场面，杜甫像被圣灵充满那样天降大任，“戏剧性”必定简单，简单才有娱乐效果。欧美的观众觉得亲切，中国人好像也觉得这是诠释“天才”？

为了媚俗，伍德把李白拉进来客串表演，他说李白好斗殴，杀过人。李白说过：“托身白刃里，杀人红尘中”“十步杀一人，千里不留行。”好极了，赶快拼贴进来吧，不必考据了，绝无其事还要凭空编造呢，何况有现成的线索，这样的李白比较“好看”。同样的情况，杜甫说过他要“致君尧舜上”，哪里办得到？咏叹“匡衡抗疏功名薄”蛛丝马迹。组织一下，顺理成章，皇帝不听他的建议，他很难过。这样的杜甫也比较好看。

早年到电视觅食，初学乍练，“外专”开示，电视里面什么都可以有，唯独不能有诗。引申他的话：你的摄影机怎么对付“吴楚东南坼，乾坤日夜浮”？怎么对付“万古云霄一羽毛”？你可以表现“花近高楼”，那么“伤客心”呢？想拍“江流石不转，遗恨失吞吴”？除非用特别技术出现诸葛亮的（或者杜甫自己的）冤魂。想拍“香雾云鬟湿，清辉玉臂寒”？除非给杜甫一个年轻美丽的妻子。不可不可，在这方面，伍德和 BBC 有他们的底线。

伍德还是请来一位有名的演员，用“莎士比亚腔”朗诵英译的杜甫，一共十五首之多，很难得，算他有担当。不管译文如何，受众感动了，节目成功了，算他看得准。不管文学家怎么说，历史家怎么说，媒体人有他的跑道，他要他的锦标。“千秋万岁名，寂寞身后事”，这一刻，杜甫颇不寂寞。伍德也算为中国诗人做了一件事情，他到底是个英国人，事难全美，这样就好。

杜老一生在沉重的压力下生活，他的诗高出生活，有完整的精神面貌，比较抽象，电视只能拍他的生活，因为电视需要具象。再说这个精神面貌是他全部作品的凝聚幻化，纪录片不能负载。伍德的《杜甫：中国最伟大的诗人》播映的时候，“新冠病毒”全球流行，各国停工停课，封省封城，人人软禁在自己家中承受高压，据说，纪录片中的杜甫，还真的帮助了收视这个节目的人呢！这个“据说”，我们乐见乐闻。

书画同心

王鼎钧

据说“文人自古少同心”，不过也有天作之合。“诗中有画，画中有诗”，那是说王维同一个人，如果这个画家的画中有另一个诗人的诗，或者这个诗人的诗中有另一个画家的画，那就是难得的佳话了。

柯府老哥画了一幅《鱼乐》，为了鱼，他先画墨荷，茎叶如斧劈成，有齐白石趣味。茎叶之间来一朵荷花，也许是莲蓬，他似乎受现代抽象画法的影响，看上去也像一只肥大饱满的复眼，炯炯有神。就在这只大眼睛下面一只小鱼游过来，寥寥几笔。一如八大山人画鱼，他没有画水，从线条见柔软而有弹性的鱼身，在水中张开的鱼鳍鱼尾，只觉得满纸空白之处都是水的浮力张力。

无巧不成诗，柯府老弟拿鱼比喻灵感，他说“鱼”总是在早晨，晚上，不定时游来游去，总是在睡时醒时敲他的门，以突袭的方式给他灵思妙想。游鱼无声，却能“敲门”，这就转型换位，与灵感挂钩。经他笔触点染，老哥这幅画的主题虽然是鱼，鱼在画中却如不速之客，乍见予人意外的惊喜。没有鱼，纵然有莲有蓬，也是寂寞的舞台，鱼来，名角出场，令人产生许多期待。

以上这一诗一画，无心出岫，居然若唱若和，东鸣西应。这样的例子不止一篇，呈现在柯府这哥儿俩合作的《画说》里。老哥柯青新能画，老弟隐地能诗，手足情深，心电感应，辑成这本台湾文坛绝无仅有之书。

“晚年惟好静”，中国的诗人画家殊途同归,《画说》一书，柯府昆仲各自表现了这个境界。柯老弟笔下，后院“坐”着把椅子，椅子上“坐”着一片落叶，这个“坐”字令人读来出神。旁边一棵树，“俯首悼念自身飘落的一个家人”，然后，诗结束，景定格了，不增不减、不生不灭，我认为这是写静境，而且写得非常之好。

老哥呢，另有一手。他画秋天的桃源，不见桃源，山挡住了，也不见山，满山都是森林遮盖了。秋天，黑色的树叶仍然很密，中间也有一小块浅红，桃花退位，红叶接班，这就显得把尘嚣完全排除了。尤其是画满全纸，不留寸白，强烈地表示桃源中人与我们不共戴天。他也非常成功地显现了静境，静到极处，“薄暮渔樵乘水入”，“近入千家散花竹”，都不必一提了。

《画说》一书，承名诗人也是名画家的席慕蓉教授作序，提到柯府双杰一诗一画互相增长的情形，令人羡慕。就写作经验来说，写文章的人的确要常看画（我们叫读画），画家提醒我们注意布局，观察的角度，怎样夸示事物的特点。我也建议学画的人常常读诗，诗必须使用意象，意象就是画意，诗里藏着“画境”，对画家有启发。《画说》一书，长短互补，相得益彰，现身说法，善哉！

程奇逢

读董桥散文集《记得》，里面引齐白石诗一首：

重阳时节雨潺潺，
四五花蔬院不宽。
老叹学人篱下种，
种花容易折腰难。

语言平易，但如果能够把早已存在于人们心中，却未曾被人说出的话，诉诸文字，便是好文字。“种花容易折腰难”，不再年轻的人，从院子里种花回来，常有这种感觉。

齐白石画多，诗也多。他好像特别爱画鱼，比画虾画蟹更加写意。配有诗的鱼画有好多张。他中年有一画《雏鸡小鱼》，配有一诗："草野之狸，云天之鹅，水边雏鸡，其奈鱼何。"几条摆尾转弯的鱼，一下就把鱼儿在水中柔美的身姿和悠忽来去的动态表现了出来，岸边还有一群毛茸茸的雏鸡，直勾勾盯着鱼，却无可奈何，草野之狸，云天之鹅也同样奈何不了水中的小鱼。风轻云淡，春水盈盈，那些无拘无束的水中游鱼正是画家向往的自在生活。

也有诗人画画的。前几天与一个朋友通电话，我说："疫情期间，你不能会朋友，不能乱走，空闲时间多了吧？"他说："我最近忙极了，11 月南京美术馆要给我办个画展，美术馆场地大，我的画也得尺幅够大，以前画的大多是小画，这几天在赶几幅大画。"他是诗人北岛。

2012 年后，他开始作画。2018 年 5 月巴黎地平线画廊首次举办他的个展"此刻"，展出他的 24 幅"点画"。

北岛的诗《在天涯》："群山之间的爱情 / 永恒，正如万物的耐心 / 简化人的声音"。诗人作画时把画家使用的线、型，简化到点，用或深或浅，或浓或淡，密密麻麻的墨点，画出一幅幅若深谷河川、无垠荒原，如波光粼粼、风卷云舒的画。北岛自己说："我在一首诗中写道：必有人重写爱情。在某种意义上，每个人和墨点相仿——聚集与四散，迷茫与寻找，就像普希金说的‘自由的元素’那样。我特别强调的是，墨点来自独立自由的个人意志，在黑暗的深渊之中沉浮、碰撞，突然会被某种光芒照亮。”

法国印象派绘画与以波德莱尔诗作为代表的象征派诗歌都产生于 19 世纪中叶，而英国的“布鲁姆斯伯里团体”里则有意识流作家弗吉尼亚·伍尔夫（Virginia Woolf）与后现代主义画家邓肯·格兰特（Duncan Grant）等人一起活跃在当时的文坛，他们不是互相交流影响的吗？

纽约现代艺术博物馆（MOMA）展出过“毕加索雕塑展”，我参观时常常被那些后现代艺术手法，比如变形、错位、碎片化等所吸引，让我思考它们与现代诗歌创作的关联。有一个石雕作品，标题是《女人头像》，两个方向相反的女人头长在同一个长长的颈子上，我想起墨西哥诗人帕斯的一首诗，“面对面的两个身体 / 有时候是两条根 / 盘缠入夜”。

瓷器上的唐诗

程奇逢

在我们牙牙学语时，唐诗就进入我们的精神世界。能背诵多少首唐诗似乎是认定一个中国人文化层次高低的标准。中国知识分子勾画出打动过自己心灵的诗句，一生都在吟咏背诵。

我偶尔想过，唐朝时，诗的创作者与诗的接受者之间是一种怎样的关系，比如李白与汪伦，白居易与弹琵琶的歌女，但对于唐诗这座丰碑构建的底座，从未想过，直到我看到“黑石号”长沙窑瓷碗上的一首五言诗。

“黑石号”是 1999 年在印度尼西亚勿里洞岛附近打捞出的一艘唐代沉船，公元 9 世纪初，阿拉伯水手在扬州装载了满满一船瓷器金银器等宝物，返回波斯途中触礁沉没。船上有约 7 万件文物，其中 5.65 万余件是长沙窑产的瓷器。

孤雁南天远，
寒风切切惊。

妾思江外客，
早晚到边停。

它是窑工在碗坯上描绘图案时随手写上的。长沙窑是个民窑，生产大量的民用瓷器，还外销到东南亚、西亚一带。那个窑工兴之所至，就能吟出一首诗，随即用毛笔写在碗上。可见那时平民读诗、写诗应该是一件寻常事。自从开口说话，识文断字，处处闻诗，处处读诗，平仄韵，赋比兴都成自然。

近年来从散落在国内及东南亚的长沙窑瓷器上，收集到的唐诗大约有 103 首，全部出自窑工之手，为《全唐诗》所不载。这些诗有些带有模仿的痕迹，甚至出现明显的错别字。然而这种以前我们从未见过的“平民诗作”让我们意识到唐诗除了我们常见的巅峰之外还有一个巨大的隐藏着的底座。

“男儿大丈夫，何用本乡居。明月家家有，黄金何处无。”它把一些人外出闯荡追求财富的心态活生生地展露出来。“一双青鸟子，飞来五两头。借问船轻重，附信到扬州。”“五两”是悬挂于船杆顶上的候风器，用五两鸡毛做成。这首诗是外出经商的人与家人互相惦念的情感表达。处处事事都是诗。

爱情为文学的“永恒主题”，除上面所举“黑石号”瓷碗上那首诗外，还有“君生我未生，我生君以（已）老。君恨我生迟，我恨君生早”。是两个年龄相差悬殊，不能厮守终生的爱人之间的悲叹。

中国的科举考试，在玄宗天宝年后，诗赋上升为进士科考中的重点，“主司褒贬，实在诗赋”，于是引无数文人学子争奇斗艳、刻意求工。《唐诗三百首》77位作者中，38人是进士，这是顶层制度设计方面的推力。而在基层的社会影响方面，则是诗的普及性和全民心态，全民心态是造成一个时代真正意义的“文化”的根源。即使工匠平民，也爱读诗写诗，唐朝成了诗歌的王国。正是这种时代的因缘际会及顶层和基层共同作用的历史合力，幸运地架构起令万世瞻仰的唐诗丰碑。

“黑石号”后来为新加坡“圣淘沙”机构购得，陈列于新加坡“亚洲文明博物馆”之中。今年9月15日，“黑石号”部分出水文物将在上海博物馆展出。

王鼎钧

我小的时候，对日抗战发生以前，一般“小资产阶级”家庭的客厅里，总会摆着康熙年代出窑的花瓶，瓶面上有花鸟或山水，不记得有诗。然后，十四年抗战，四年解放战争，我流亡

7800 公里，没见过一件瓷器。文物最经不起动荡骚乱，字画还可以把轴框拆掉，缩小体积，求个苟全，瓷器只能正襟危坐，从容就义。由瓷器的大量毁灭，可以想见战争对小资产阶级的破坏。

我在台湾，曾两次到台北故宫博物院专看瓷器，今日回想，还是想不起来哪一件上面写着唐诗。直到我搬家搬到纽约，遇见一位忠厚的商人来办瓷器展览，展出 90 年代国内用新技术烧出来的仿古制作，我这才又看见瓷器，也看见瓷器上面的唐诗。

复制的中国瓷器仍然是中国瓷器，相形之下，西洋瓷油头粉面，日本瓷薄命。所选的唐诗全是名家作品，没有离人思妇伤春悲秋之词，让人家天天看见“感时花溅泪”总是不好，还是“风正一帆悬”妥当。由此一事，可见那时国内商家已能够体会消费者的心理，坐上资本主义列车。

诗是好诗，那一手字实在不行，写字的人根本没受过书法训练。那时发现，中国大陆的画家多半只学画画儿，不学写字，他只是用毛笔画出字的线条，他们称为“画字”。这当然美中不足，“书画同源”不是这样解释。后来书法家张隆延教授开轩授徒，门下七十二贤过半是画家，这些人已经成名，还能虚心受教更上层楼，真不容易。

唐代的瓷器，工人在上面写字，无论写得怎么样，都是国宝，关键在“唐代”。到了现代，张大千的画配张大千的字，两者都大开大合，公孙大娘舞剑器，溥心畬的画配溥心畬的字，两者都飘然出尘，挥袖一片浮云，这是追求艺术品风格的完整性。如果张大师的画由溥大师题字呢？那当然值钱，也许更值钱，那是艺术品的稀有性，要大师遇上大师才行。

有一年，江西景德镇邀约书画家前往做客，在瓷器上作画题字，一时有很多人响应，可见国内的工业家能发现缺失，知过必改。听说那些应征前往的书画家废寝忘食，工作努力，自认为是一大乐事。乐什么？他的作品借此流布于知音之家，即使装在船上沉到海底，千年以后也还有机会捞出来。此之谓施比受更为有福也。

画家天天作画，家里满屋子是画，一旦发生天灾人祸，所有的鸡蛋都在一个篮子里，岂有完卵？王羲之当年也是天天写字，后来连一幅真迹也找不到。想起于右老，只要“敬求墨宝”的红纸标签送到眼前，他可说有求必应。内行人估计，他在台湾留下大约两万幅字，这是他留下的两万份友谊，两万笔财富，来日水火兵虫，世事无常，也是给自己的书法留下两万个流传后世的机会。

变好还是变坏?

王鼎钧

这个题目，来自我和一位忘年之交的对话。他问：灾难来了，人会变好还是变坏？我踌躇了一下：你说好坏，什么意思？“好坏就是善恶”。你说“变”，什么意思？“平常不做坏事，现在也做。”

我明白了。以前我相信，人本无善无恶，起心动念有善有恶，道德修养教人存善去恶，善恶是一种选择，好比放下橘子拿起梨。后来我相信善恶是一种距离，“性相近也，习相远也”，像水平仪的水银，左右流动。先贤不是说改过迁善吗，注意那个“迁”字，道德修养教人移动自己的位置，现在的网络语言，说成“与恶的距离”，修辞新鲜，大红特红。你提出来的问题，应该是：“灾难来了，人与恶的距离近了，还是与善的距离近了？”

我们的谈话有背景，“新冠病毒”正在流行，患者天天增加，我们谈话的时候，全球已有 320 万人生病，24 万人因病死亡，我们居住的这个城市，平均每两个人就知道有一个他们认识的人染疫而死。这种新病毒一时无药可医，目前只能预防，它改变了人的行为。举个例子，预防病毒感染要戴口罩，人民大众突然需要那么多的口罩，任何国家平时都没有这个生产量，有些地方完全买不到，有些地方还能买到，你的亲戚朋友寄口罩来，你收不到，中途不知道哪个环节，有人把口罩没收了，平时没有人干这种事情。这种事情不只发生在人与人之间，甚至发生在国与国之间，甲国的政府为了防疫，向乙国订购了一大批口罩，口罩经过丙国，丙国的政府干脆把这批货物没收了！

说来也是老生常谈，人都有私心，“私”是万恶之源，一切政治理念、宗教信仰、价值标准都教人去私。可是灾难来了，灾难是一种挑战，为了打这一仗，人要收缩公心，先保全自己，犹如军队在劣势作战的时候收缩兵力，树木在秋天落掉叶子，这就被迫移动中线，向恶倾斜，好比旱灾，禾苗死了，杂草活着，鱼虾死了，蝗虫繁殖。养老院里，医生护士集体弃职，有些老人竟然活活饿死了！平时不会发生这种事情。

为了防疫，政府颁布了“限聚令”或是“禁足令”，教大家不要出门，尽量避免与人接触，用手势打招呼，用中国的拱手代替西式的握手。人人坐在家里清算，有多少朋友就有多少牵挂，有多少亲属就有多少累赘。一家之中，该上班的不上班，该上学的不上学，不能到电影院开怀大笑或者到公园披襟当风，屋顶下人口密度增加，矛盾也增加，于是“家暴”增加了，虐待动物的事增加了，专家预言，疫情消失以后，离婚的官司一定大量增加。

结语：“疫情在考验每一个人”，而人是不能考验的。

程奇逢

这场新冠肺炎疫情来势凶猛，把人类打个措手不及。每天千百万人紧盯着不断攀升的染病和死亡人数，表情错愕又麻木。现在的数字只是过程，最后停下来的那个数字才会被载入历史。

都说“疫情改变了人们的生活方式”，是的，居家禁足，远程工作上学，前所未有。一定还有什么别的东西也变了，我想的是人性中的某些东西。

前几天与朋友通微信，她正要去把家里的一些口罩和防护服送给一个养老院里的护士。这家养老院有八层楼，400 个老人，平时有 150 个护士和护工在那里工作。现在这 400 个老人中已有超过一半的人染病，随着死亡人数的增加，一些护士和护工辞职，现在只剩 110 人在工作，护士与老人的口罩与防护设备都不足。朋友把她与护士微信的截图发给我看。朋友说：“你要小心，你还有孩子，还有家人。”护士说：“这么多人辞职了，我们的压力更大了。看着那些无助的老人，我怎么可以走？我们风险是很大，一忙起来，防护的措施都来不及做全，只能冲上去。我不是不害怕，可我是护士，我有责任帮助这些可怜的老人。”我读了之后不禁对她肃然起敬。

平时这150个护士护工一起工作，大家看起来没有多大不同。灾难降临，她的爱心、善良、勇敢一下子被激发出来，她的选择让她向善的那端流动；与此同时，那些自私、不管老人死活的护士护工向逃避责任的恶的那端流动。灾难改变了原来的平衡，灾难也点亮了她心中善的光。

其实，善也不必在与恶的搏斗中，在与恶的对比衬托中才能显现，善在人性中本来就有，比如同情心。英国哲学家休谟说：“同情心是每个个体都具备的”，“同情心具有利他性”。灾情期间人们捐钱捐物，已经退休的医生护士又重回救人的前线，纽约市政府设立一些地点，免费发放食物，一些志愿者给无法前来领取的老年病人送上门去。唐人街有几家中餐厅，门口摆放免费盒饭，供人领取。

3月27日晚七点整，纽约市民聚集在自家门前、阳台、窗口，向医生护士、快递员、警察、消防员、城市清洁工等抗疫一线人员鼓掌致敬。Clap Because We Care. 数万人一起鼓掌、欢呼、吹口哨，有的敲着盘子、锅底，声音排山倒海，此起彼伏，回响在高楼之间、街道之上，整个城市显得如此温馨。你的上下前后左右，都是和你一起欢呼的人，都是与你心意相通的人，那一刻，你会被深深感动。

从那一天起，纽约鼓掌就未停止过，每天晚上七点，人们准时走上阳台，走到窗口，鼓掌、发出各种声音，向别人感恩，与邻人相互鼓励。

我喜欢“纽约七点钟”，掌声阵阵，遥相召唤，把人性中的善鼓出来，尽管我知道，有时人性还会露出它软弱的那一面。

人类书写的历史与未来

程奇逢

大英图书馆举办年度特展WRITING（书写）的时候，我正在伦敦。展览规模不大，但展出的文物很珍贵。英国的许多博物馆和展览，与美国相比，其气韵及内在精神都显得更加深邃，有底蕴。英国人历史感强，严谨又优雅，这使得他们有底气嘲笑美国人"土气"。

这是一个关于人类书写历史的展览。人类最早的文字公认是美索不达米亚的楔形文字，在这里，我第一次见到楔形文字泥板，读过世界史的春风秋雨，对它仰慕已久，现在隔着五千多年的时光与它对视，心中翩然生出深深的感动。当年第一次见到甲骨文也是这样的心情，1992年，去国十年之后，我第一次回到中国，行程之一就是去河南安阳小屯村的殷墟博物馆，如同去朝圣一般。

从楔形文字泥板，甲骨文说起，展览讲述了文字的演变及多样化，各种书写材料与书写工具，时间跨越五千多年，文字种类横跨五大洲。书写材料展品包括：古埃及石碑；刻有文字的玛雅石灰岩石；发现于敦煌石窟中，公元868年5月11日印制的《金刚经》，它是世上现存最早的有确切日期的雕版印刷品；1477年英国第一本印刷图书《坎特伯雷故事集》。书写工具展品有：中国人用的毛笔；欧洲人用的略有残损的鹅毛笔。

纸的发明是中国对人类书写行为的重大贡献。有了纸才有书，在中国，知识分子被叫作“读书人”，书成为他们人格身份的一部分，蒲松龄说：“书痴者文必工，艺痴者技必良”，爱书，迷书，痴书的人与故事常常为人们所津津乐道。

法籍突尼斯艺术家锡德将阿拉伯文的书写艺术形式与涂鸦和街头艺术相结合，为展览创作一件作品，作品引用黎巴嫩诗人纪伯伦为自己写的墓志铭：“我像你们一样活着。”莫扎特一件乐谱和他的笔迹也在WRITING中展出，既定的“书写”概念正在受到挑战。

展览开始的泥土石头与结束部分的计算机音频视频展品，完全是两个不同的物质世界，现在人们写作好像不再拾笔，而是敲打键盘，汉语中的很多成语，如妙笔生花，笔耕不辍，笔锋犀利，可能要被淘汰了。展览中最后一张图片，显示一个人正在平板计算机上制作彩色图表报告生产产量，有趣的是，展览开头的楔形文字泥板上记载的也是大麦作物的数量，生产活动永远是人类生存与进步的首要因素。

本次特展的主策展人艾德里安·爱德华兹发问：“我们希望观众借此机会探想身处数码时代的自身与书写之间的关系，并且反思：不久的将来我们会否抛弃笔，转投声控机器与视频通信的怀抱，抑或是我们继续书写？”

我希望书写仍会继续下去，但好像我们已经走在告别书写与纸媒的路上了。现在作家敲键盘进行写作，在互联网上发表作品，成为常态。我相信，当代的书写的方式，会像楔形文字，甲骨文一样，令后代景仰崇敬，因为它是人类漫长历史中最伟大的成就之一。

王鼎钧

从我能够阅读那年起，有学问的人不断告诉我，这个要消失了，那个也要消失了。

例如说，宗教将要消失，因为宗教是人类的童话，现在人类长大成人了。可是现在呢，宗教反而入世了。

例如说，家庭要消失了，因为工业化使亲子关系淡薄，离婚和外遇增加。可是现在呢，薪水越高的人退休越早，他们重视家庭生活。

后来我从广播电台找到工作，有学问的人说，电台是夕阳工业，将要被电视淘汰，可是现在呢，收音机装在每一辆汽车上。

也有人说，电影也要消失，因为电影能做的，电视都能做，而且可以送到你的客厅里。结果呢，电影的品质反而提高了。

也有人说，长篇小说即将消失，读者越来越忙，时间越零碎，“只有看守仓库的人才看长篇”，结果呢，莫言出头了！

还有，游轮要消失了？泰坦尼克号仍然再造一艘。刺绣要消失了？和服的地位并不动摇。毛笔要消失了？每一县至少有一个书法协会。方块字要消失了？结果不过是少写了几画。狼来了，狼来了，我相信山中的确有狼，不相信它能把所有的羊吃光。

最新的说法是，纸媒（纸张印刷的媒体）要消失了，因为网络比它方便。网络对纸媒确实构成挑战，但纸媒是否消失，不在它有没有遭到挑战，而在它如何回应挑战，如果不能回应，或者回应错误，才会灭亡，这话也是有学问的人说的。现在给纸媒发讣闻，为时尚早，为它把脉进补，倒是刻不容缓。

请恕直言，手机拿在手上很舒服，那重量，那尺寸，边缘的角度，平面的润滑度，都经过专家设计，一再改良，让你感觉它天生就是你肢体的一部分。一本书拿在手上就不同了，纸张像刀刃，封面像铁片，打开以后书页挣扎弹跳，好像不愿意给你看，左右两页接近装订线的那两行字都掉进装订线的那条沟里头去了，你得十指并用，小心打捞。如此这般，我们面对挑战需要回应。

再看传达的讯息，手机里面已形成一种新的文体，语文浅明，节奏活泼，结构单一而有层次，而且开头两句话就抓牢你的注意力，你即使看完了会失望，也还是不能不看下去。偏偏那些短文大都亲切隽永，不乏奇思妙想。那些作者好像无意成为专业作家，兴之所至偶一为之，跟别人不重复也跟自己不重复，如“新桐初引，新露乍滴”，在下不敢乱攀别人，自知望尘莫及。如此这般，我们面对挑战需要回应。

说到这里，回想当年电影面对电视的挑战，全世界电影界的精英一致“发挥自己的优点，攻击敌人的弱点”，逼退电视，立下楚河汉界，如此这般，不禁心向往之。

马可·波罗与中国

程奇逢

马可·波罗在中国是名人，家喻户晓。我看过两篇文章，标题是:《泉州——马可·波罗眼中世界第一大港》《杭州——马可·波罗描述过的美丽华贵之城》。从什么时候起，中国的事得让马可·波罗来认定才能算数了？现在很多书和文章，包括严肃的学术著作，只要能沾上《马可·波罗游记》提到的地方和事件，都会带上一笔作为“证据”。外交场合，也把马可·波罗称为中意两国交流的先驱，中国向意大利留学生提供的奖学金，名为“马可·波罗奖学金”，中国还生产马可波罗牌瓷砖，马可波罗面包……

然而，马可·波罗是否到过中国还是很大的疑问呢。“肯定派”与“怀疑派”的争论，从未停止。《马可·波罗游记》成书于1299年，其早期，欧洲人是把它当成像《鲁滨孙飘流记》《格列佛游记》那样的传奇小说，那时，欧洲人对中国的想象充满神秘，无论马可·波罗把中国写成“小人国”还是“大人国”，欧洲人都会饶有兴趣地去读。进入现代，西方历史学家经过理性考证，基本持否定态度。1995年英国女作家Frances Wood出版《马可·波罗真的到过中国吗?》一书，她曾在北大学习过，有一中文名：吴芳思。

从20世纪初，在中国“肯定派”就占压倒多数。以前的争论大多陷于《马可·波罗游记》里有多少是荒诞不经，有多少是真实的。这很容易掉进一个陷阱，在对微观事物的认定中，各据其理。我觉得如果从另一角度切入，更容易让人作出理性判断。那就是中国人是什么时候才知道有马可·波罗这个人的？中国是一个擅长记录历史的国家，然而五百多年中，无论是官修历史、野史、地方志、文人笔记都找不到关于马可·波罗的蛛丝马迹。据史料记载，1860年第二次鸦片战争后，一些来华欧洲传教士带来《马可·波罗游记》，马可·波罗始为国人所知，但仍是凤毛麟角。

虽然从1913年起，就有魏易、张星烺、李季等人节译过《马可·波罗游记》，但是把它全文译成中文，并让中国人开始知道马可·波罗的是冯承钧，他曾留学法国，师从著名的历史学家、汉学家伯希和，译著中有很多详细的考注，此书1936年出版。

知道了这点，也就明白了“马可·波罗之问”对中国来说可能是“无中生有”。中国历史上并无此人此事的任何记载，国门打开后，有人从外面把一个“二手资料加大忽悠”的《马可·波罗游记》带进来了，“波罗风”吹遍中国大地。

问题是中国人怎么就轻易地接受了马可·波罗来过中国的说法？《马可·波罗游记》里写的那些关于中国的事，中国人应该比谁都更容易判断其真伪。

我想这与 19 世纪末以来中国人的心态有关，当时，中国在现代化的过程中败落了，失去了自信，要靠别人的肯定，才能有点底气。《马可·波罗游记》中对元朝中国的富足、豪华、雄伟都有些夸张的描写，这使中国人有了满足感。具有讽刺意味的是《马可·波罗游记》中称赞的是征服者蒙古人，而当时汉人正处在社会最底层。

“马可·波罗之问”变成“马可·波罗之热”，其背后的原因值得深思。

王鼎钧

现在很难从一般图书馆里看见《马可·波罗游记》了，我小时候倒是读过，薄薄一册，内容仅有中国的这一部分，今天知道那是一个节本。它跟许多童话合成一套，可见编书的人也没拿它当真。

今天知道，马可·波罗没有到过中国，他的中国见闻是从波斯商人口中得来。合理地推断，他是经过有系统的采访，书中才有如此丰富的内容。波斯商人的眼睛带着母国的残像看中国，难免扭曲，叙述时又必定掺入自己的想象，再加上游记是马可·波罗口述，另一个人撰写，最后又添入撰写者的文采。这样的著作在史学行列中难以存身，文学殿堂则虚位以待。

我们都读过《桃花源记》。有学问的人说，当年北方少数民族南下，晋朝南迁，北方的汉人不愿接受少数民族的统治，集体逃入深山之中建立一个隐秘的小社会，陶渊明从来没有到过这个小社会，根据传闻写下他的桃花源。间接的经验，主观的表述，第三人称改成第一人称，第一人称改用第三人称，文学作品司空见惯，《马可·波罗游记》和《桃花源记》是否可以相提并论？

《桃花源记》有人考据，《红楼梦》有人考据，《三国演义》也有人考据，有一位学者说这种考据是“史学之余兴，文学之歧途”。他的意思是告诉作家，文学创作有自己的方法，不要受史学方法约束，作家尤其不必放弃创作，投入考据。我们现在谈论考据，可以当作文学欣赏之余兴。

陶渊明说，武陵有个桃花源，没引起多大反应，太守派人去找过，衙门办事，因循敷衍，回报没找到，也就算了。高人刘子骥想去找，无奈入山辛苦，他又不怎么健康，说着说着生了重病，也算了。石子投进湖心，就这么一点点涟漪。人家马可·波罗那儿不同，一听说东方有个中国，这里那里都有人漂洋过海去找中国，地球是圆的，不管往东还是往西，只要一直一直走，终会走到。那可真的是惊涛骇浪，冒险犯难，一百多年以后，他们找到美洲。再过几十年，他们找到菲律宾。不久，他们终于找到中国。他们的好奇心，开拓的精神，确实比咱们强，强很多。

中国不像马可·波罗说的那样好，但是也没让他们失望，倒是他们让中国人失望了。中国人怨天怨地，有人怨上了马可·波罗，都是他妖言惑众，来扰我们这些庸人。所谓世界地理大发现，《马可·波罗游记》只是因素之一，今天就事论事，教人万般无奈。当年欧洲文明先进，他们改变了世界，兴一利必定生一弊，历史的发展总会产生痛苦，但历史总不能永远停滞。当年的说法，世上有三样东西最无情，第一就是“时代的轮子”。我在这方面没有学问，点到为止，姑妄言之。

海滨随想

程奇逢

缘分，当你与一个人或一个地方的关系好得不得了，却说不清楚是怎么得来时，就用得着这个词了。如果问我，哪个地方与我最有缘分，我会脱口而出：北戴河。

70 年代初，一个夏日傍晚，妈妈的朋友季阿姨来我家，从她们聊天中，我听说她哥哥在北戴河一中当老师，我就问：我能去北戴河玩几天吗？季阿姨说，当然可以，她哥哥一家会很高兴接待我的。那时，人们没有旅游的概念，但我特别想出去玩，而且我喜欢去海边，也知道北戴河离天津不远。

季舅舅在 1949 年进入华北军政大学，那是一个给解放军培养干部的学校，毕业时，他却执意要回老家，连学校给他分配的在秦皇岛的工作都不去。

季舅舅高大、结实、和气。季舅妈第一天给我做的饭，我至今还记得。她把几只刚从海里捞出来的螃蟹丢进清水里，加些挂面，加些蔬菜，打个鸡蛋进去，也不加盐，味道无比鲜美。

季舅舅的家就建在离海边几十米的地方，门朝着大海。清早出门时，如果我看见有渔船还未出海，就会要求他们带我一起去，那里的渔船都是在近海捕捞小银鱼的，他们知道我是季老师的朋友，靠岸后会让我带一小兜银鱼给季老师，真是民风淳朴。

季舅舅家的小女儿小敏有些羞涩，跟我这个来客很少说话。一天她去北戴河街里办事，是从上面的柏油路走过去的，我惊讶地问她："海这么好看，你怎么不走海边？"她瞪大眼睛，同样惊讶地问我："天天看海，海有什么好看的？"

我天天在海边徜徉，早晨去鸽子窝看日出，晚上望着夜空，诵读曹操的"日月之行，若出其中；星汉灿烂，若出其里"。

北戴河的开发是在19世纪末，四季常青的松柏掩盖着一幢幢黄墙红瓦的小洋房，在海滨整洁的小路旁蜿蜒十几里，北戴河不大，正好把这种独特的高贵气韵浓缩到极致。我喜欢极了，每年夏天如若可能，就来玩几天，一直到1982年出国留学。

90年代末，我被派到北京工作，又和季舅舅一家联系上，再见时北戴河已经变了很多，外地人涌入，商业化泛滥。

海仍然那么美，我可以一连几小时在沙滩上发呆，向左、向右、向天边望去，声势壮大的海浪不间断地向我涌来，但到了脚下却变成无数沙粒的合唱，像是乐队里一只巨大沙槌的声音。一波又一波的海浪，那是大海原动力的律动，我的每一次的呼吸与心跳是生命的律动，大海是永恒的，而我的生命只在时间长轴上极短的一小段与它附着在一起。

我也常常对着海滩上的礁石出神，礁石是陆地的延伸，像是它伸出的手臂，礁石置身海底，也是大海的一部分，陆地与大海在这里拥抱，地老天荒，时光在礁石身上雕刻出柔情，也雕刻出粗粝。

风静潮平时，满月在海面上照出一条明亮的路，一直通到你的面前，两边的海水，像是黑魆魆的树丛，我幻想着，沿着这条路，可以一直走到月亮那里。

我庆幸生活在和平年代，总能在日晴风和的日子，来享受大海的瑰丽，心中满是感恩。

王鼎钧

张爱玲说过，她不喜欢海，因为这世界上水太多了。她这句话任性，但是有意思，她大概没经过旱灾。我居住的地方有个台风季，经常山洪暴发，人畜失踪，有一次连整个山村都冲到海里去了。午夜听大雨倾盆，心想四周海洋张着大口，贪得无厌。请恕直言，我也没法喜欢它。

说起来我和海算是有缘，五次近海航行，两次海滨旅游，曾在港口找到一份工作。没啥稀奇，漂泊嘛，两个字都带三点水，那年代，当令时海上可以乘风破浪，逃命时海上还有九死一生。就像下围棋，海港是“眼”，没有这些眼，满盘都是死子。

倘若我说因此爱海，会被雅人笑死，爱海应该出于审美，什么云霞出海曙，碧海青天夜夜心之类。我说过，经过多年的战争，我已没有欣赏自然风景的能力，我在海上曾经寻求治疗，牺牲睡眠休息，坐待日出日落，那些年时运不济，打什么算盘都落空，海上云雾多，只见无边无际的阴沉，那年代看人脸色过日子，实在不必再增加这些压力。

那年代我也到过北戴河，夏天，长官带领我们做一日之游，第一次看见海鸥，第一次看见海浪卷起白色的裙边。临海全是要人的别墅，他们都爱海，但人杰不能地灵，所有的别墅空空，主人不打算再来，留下一个看守，也不知在等候什么。我觉得他们等待移交，当时整个江山都等着换新的主人。

其中有一天特别值得强调，大概是 50 年代之末，或者 60 年代之初，夏天，我在台湾岛的北端觅食。那时戒严如防疫，社会有“暂停”的按钮，人和人之间也有社交距离，除了办公室和宿舍，我不多走一步。时间一久，忽然觉得世界虚幻不实，到底有没有一个台湾岛？台湾岛上到底有没有台中台南？打开地图，台湾岛的最南端有个地方叫屏东，半截浸在海里，那是最远最远的陆地，我决定去实地经验一下。

那是台湾陆地的南极，也是我的世界的边缘。我第一次把脚插在青翠的海水里，第一次游鱼来吮我的手指，第一次赤足站在礁瑚石上，感受脚底按摩的滋味。海水中有一个小岛，叫作小琉球，土地高出海面很多，那是屏东县的一部分，仍在台湾境内。我突然觉得兴奋，雇船渡海拾级而登，上面有个小学，海风中，我听了半天琅琅书声。我也在屏东海岸看到海上落日，终于发现了美。我常说，那天是我美感的复苏。

屏东给我美好的回忆，但是海水在我的心中仍有残留的苦涩。我久不看海，甚矣吾衰，审美也要有旺盛的精力，并非好逸恶劳可以办到。有学问的人说，大气有温室效应，北极冰山融化，海水也的确太多，而且太脏，势将淹没土地，制造灾民，未免恐怖。俱往矣，我不能返老还童，但不知地球能否四海澄清？

向地铁借来的时间

程奇逢

我的朋友张家瑄，在纽约大学读电影研究专业，后来对历史产生兴趣，中英文各种版本的《世界史》，读了十几本。他说，这些书大部分是在地铁中读的。他在纽约教书已经三十多年了，“我忙极了”，也挂在他嘴边三十多年了。他每天花在地铁上的时间大约是两个小时，据说，这是纽约的上班族用于通勤的时间平均值。如果每天能有两个小时来读书，一年700个小时，700页的书，能读十来本了。每年年初，我立志做这样的读书计划，每每落空，地铁却成全了张家瑄。

成立于2016年的“北美中文作家协会”汇集了110位美加两国的作家，他们才华横溢，笔耕不辍，每年协会都会开两三次新书发布售书会，大家展示新出版的书，讨论作品，交流心得。一次开会，入口处的桌子上摆满作家们刚刚收获的果实，流光溢彩。我看到张宗子，坐过去与他聊天，他手里拿着一本书，我问：“刚在这里买的？”他说：“自己带来，坐地铁时读的”，“地铁里不读书，还能做什么？”他又加了一句。

早晨上班的时间，地铁里的人很多，车厢在铁轨上加速、减速、转弯、颠簸，人要站稳不容易。一个学生模样的年轻人，双腿劈开抓住地板，身子紧紧靠在门上，一只胳膊抵住身体，手中握着课本，另一只手拿着笔，在课本上写着什么或在选择题上画圈，他努力保持平衡，全身紧张，像在较劲，他在与自己的命运较劲。

与这个学生的紧张相反，一个中年女子的双手无比灵动，如舞剑器，又像是在表演魔术，她的双腿上放着一台手提电脑，无论车子怎样晃动，她的手指都能飞快地击中只有指甲大小的键盘，有时打开屏幕上的图表修改数据。赶在进入办公室前，她是要向老板交出报告，还是给下属下达任务？

我印象最深的是一位30多岁的白人男子，视周围拥挤人群于无物，周围的人视他应如是。他耳朵塞着蓝牙耳机，一只腿上摆着打开的iphone，另一只腿上放着一本乐谱，边看嘴里还边哼唱着，手中拿着一支笔做着标注。我瞥了一眼，天啊，是一个音乐总谱，数个声部相叠，复杂的和声同时行进，在不协和和弦与协和和弦的倾斜与稳定之间，他创造音画的色彩，描绘背景与主题，在旁人的静默中，他心中是一个波浪追逐汹涌澎湃的大海。我服了他，竟然把该在象牙塔里完成的工作拿到嘈杂的地铁里来做。

纽约地铁借给这些勤奋的人许多时间，而且不用还，日积月累，那是他们一生中意外收获到的最珍贵的礼物。

王鼎钧

有人说过，成功的人都善于利用他的零碎时间，例如爱迪生利用在火车上卖报的时间做实验。这就想到买票，等车，坐在车上，公共交通如何在凌迟我们的生命。如果能利用这些时间看书，不失为对自己的抢救。

还记得当年在台北的时候，从日本旅行回来的人写游记，都称赞彼邦的读书风气，地铁上几乎人人手不释卷，出版社特地设计了一种窄小的版本，你在地铁上用一只手拿着，或者由西装的裤袋里装进取出，都很方便。当年台北的文星书店开市，也采用了这样的版本推出丛刊。后来中国大陆和台湾地区都兴建地铁，可是不约而同，书的开本都越来越大了，也越来越厚了，而且崇尚硬面精装，你想打开阅读，它马上变成砧板上的一条鱼，活蹦乱跳，非两手按住不能征服。这是否表示在地铁上看书的人越来越少了？已经没人考虑他们的需要。

论阅读的环境，车上当然不如书斋，从医生的角度看，车身颠动，眼睛和书页的距离忽远忽近，视觉神经要不断地调节适应，这是一害。两害取其轻，我不在车上看书，我在车站上等车的时候看书，这一段时间加起来也很可观。书的开本大，我得在肩上挂一个小小的随身包，刚刚放得下一本两三百页的书就好。后来有人告诉我，你这个男人这么高大，随身包这么小巧，这是同性恋流行的装扮。那年代同性恋还在受人分别对待，咱们出门在外，不必标新立异，随身包马上换大，可是为了一本两三百页的书，又未免小题大做，增加累赘，这个车上看书的好习惯也就打了个七折八扣。

我已多年不坐地铁，我对地铁乘客最后的印象是，几乎人人手里拿着手机。老天爷！顾客永远是对的，手机的尺寸，轻重，棱角，温度，都经过专家设计，握在手中舒服，愉快，更别提打开以后五花八门了。以前书本产生了多少故事，为了看书，隐姓埋名给藏书家做书童，为了看书，处心积虑嫁给藏书家的儿子，为了书去做贼。现在，为了手机产生了多少故事，为了买手机去卖肾，因为父母不给买手机而跳楼。老天爷！顾客永远是对的！

想起一个名词：国民义务教育，国家规定国民必须读完小学，后来是读完初中，现在是读完高中，虽然步步提升，终于到此为止。若非立法强迫，有许多人根本不会进学校。然后，有人为了当医生赚钱去读医学院，有人为了浪漫去读海军官校，形式上心甘情愿，事实上不得不尔。

也许读书是某种秘密禀赋，藏在他的基因密码里。也许你不是因为读书才成为读书人，你因为是“读书人”才读书。手机只是偶然闯进来，把人分化了。如此这般，读书就有些神秘了，今天，你利用零碎时间读到我们这篇短文，其中也许有些前世今生的因果牵连，也未可知。

问君何所思

王鼎钧

对抗新冠病毒，这里那里，异口同声，这是一场全民战争。那么医院是堡垒，家是防空洞。

居家隔离，人在防空洞里做的少，想的多。人和人偶然还有寒暄，应该问你想什么，不该问你做什么。人的念头连续生灭如万马奔腾，中间没有空隙，若是胡思乱想，那就碰撞践踏，非常可怕。因此有一门功课教人“不想”。

“不想”很难，退而求其次，有一门功课教人“简单地想”。记得当年西方人士一度流行打坐，心中不断默诵一个字：“one！”用一个最简单的概念驱逐一切杂念。这个办法我们不陌生，可是没多久就被佛门的静坐代替了。

对于我，“简单地想”也坚持不下去。居家隔离的日子，思想起每一个时期都有一种人最重要，而这一帮人对社会作出重要贡献的时候，总会附送某些恶行，举例伤感情，你我心照不宣。现在抗疫，医护人员最重要，从未听说病人入院后向护士白袍的大口袋里塞红包，从未听说病人入院前向医师家中送名酒，从未听说某个病人靠某人打了个电话弄到病床。医院的工作有些地方叫人不满意，不过他总还是照看自身的规律工作，多少人说疫情太严重，医疗体系崩溃了，我以为疫情确实严重，但医疗系统并未崩溃，只是有限度。

想那些可爱的小文宣。病毒是人与人接触感染，居家隔离是防疫最重要的手段，但为了防疫没有行动自由，没有个人隐私，等于变成囚徒，因此很多人强调人权，违反禁令。于是菲律宾政府把一具白皮棺材横放在马路中间，加上一栏大字标语："待在家里头！或者待在这里头！"语不惊人死不休！于是产生了一句名言："有人，没有权，有权，没有人"，语义双关，很有巧思。网上流传一段视频，一个男性医生对着镜头说："请待在家里，保护你自己！"接着换一个女性医生："请待在家里，保护你的儿女！"最后出现一位女护士，她说："请待在家里，保护我们！"最后一句出人意表，陡现高潮。真佩服这些高才。

也想到生死。漏尽更残，生命是一根绳子，新冠病毒和现代医学拔河，居家隔离的人等着看哪一边失手，俨然从容就义。地球还在旋转，玫瑰还能开，蝉还能唱，蜘蛛照样在我后院结网。明天，信件照样来，即使是广告和账单，也亲切。报纸照常出版，上面没有我的文章，也要看。

疫症总会成为过去，不过是少了几个人，多了一些思念，不想，也难。这时，想到我给一位朋友的墓志铭：

如果我来了是一阵风，我去了就是一场雨。
如果我来了是一场雨，我去了就是一园花。
如果我来了是一园花，我去了就是满地种子。
想念我吧！我是单行道上的过客，永不再来。

程奇逢

这次新冠肺炎疫情，传播范围之广及持续时间之长，在人类历史上前所未有。而面对共同的敌人，生死关头，人们应对策略的歧见之深，也令人困惑。

就在疫情肆虐横行之始，人人手足无措之际，美国白宫里，主人和他的首席医疗顾问，就常在电视上公开分裂，令观众错愕。随后，戴不戴口罩，禁足令是否有效，“暂停键”何时按下，何时取消，整个美国都有不同意见，似乎你不懂我，我也不懂你。

我原来以为，美国科技、医学世界领先，各行各业的精英可以正确地认识正在发生或即将发生的事，知识分子会把事实真相告诉大众，而大众也能自觉地配合。

但我们希望的事没有发生。当然，人们对新冠肺炎病毒的认识需要一个过程，现在有无数科学家正在积极研究它。但是在获得更多的“专业知识”前，我们仍有“常识”可以使用，在大家共享的空间、家园，互相地理解和协调，必不可少。

但把他们说得一无是处也不公平。自从定出 6 英尺（2 米）的“社交距离”，在地上画出黄线，无人“越雷池一步”，在贴出“必须戴口罩”标志的地方，如电梯、商店、医院，人人都戴上，如果忘记携带，门口也有免费发放的。问题是传染病的隔离应是无缝式的，一万个人照办，有一人不遵守，后果也会是灾难性的，所以人们还是没有安全感。何况美国的联邦制，让各州制定自己的法律，别人管不着。各州要取得共识，也是难上加难。

我对媒体在疫情期间的表现，很是关注。2015 年，一张照片震惊了全世界，甚至改变了世界格局。三岁的叙利亚男童艾兰·库尔迪与父母乘坐的船只在偷渡欧洲时倾覆，他伏尸海滩。这张被称为“令全世界沉默的照片”，唤醒了欧洲的“良心”，欧盟因此对中东难民敞开大门，总共有 6000 万难民涌入。虽然难民给这些国家带来了不小的麻烦和人口结构的改变，但是他们始终认为，对受难者的同情和拯救的人道主义是至上的。越战期间，一个越南小女孩，在轰炸中，浑身着火，裸体奔跑在战火纷飞的大路上，这张照片震动了美国朝野，加速了美军撤出越南的进程。一年多了，我始终没有看见一张能够挑衅美国人心灵感应的照片或是一篇振聋发聩的专题报道，媒体麻木了，人与人之间的共鸣也弱了。

历史进程中，人类的反思如此重要。第二次世界大战结束时，各国对战争的反思，促成了联合国的诞生。德国、日本人民的反思，改变了他们的国家命运。疫情终归会结束，在疫情结束时，人们会对这几年发生的事情加以反思吗？

美国宇航员温斯特·斯科特曾两次前往太空，“从太空看地球，很微小，很脆弱，让我们存活的大气层是如此之薄。看不到国与国的边界，你所能看到的就是同一个地球”。那么，生活在这颗蓝色星球上的人们，就不能互相理解，好好相处，停止争斗吗？

没有观众的演出

程奇逢

2020 年还剩下几天，往年这个时候，在徐缓优美的 *Auld Lang Syne*（《过去的好时光》）乐曲中，蜡烛一支支熄灭，怀旧之情于心中荡漾，在憧憬中迎来新的一年。今年到处听到的是“糟糕的 2020 年，快些过去吧”。

纽约时代广场是最具标志性的跨年庆祝地点，每年除夕，上百万人涌向这里，边看表演边等待新年的到来。最后十秒钟，所有人一起倒数，在山呼海啸般的声音中，水晶球落下，烟花漫天飞舞，人们欢呼拥抱。今年这里不再会有人群聚集，舞台演出，落球仪式改在线上进行。晚上 11 点多我打开电视，电视自有其自由采集镜头的便利，打开的那一瞬间，临时搭起的舞台上欢歌劲舞，四周灯光璀璨，似乎与往年并无不同，但当镜头转到广场上时，我被深深震慑住了，除了封住路口栅栏旁边的警察，广场上空无一人。人是城市的灵魂，没有了人群，城市也就死了。这个“世界的十字路口”突然空空荡荡，让人产生极度不安的感觉。水晶球落下时，我心中疑惑，2021 年真的就能都好了吗？

新年期间，还有一个演出是必看的，那就是维也纳金色大厅的新年音乐会，它已经有八十多年的历史，曲目以小约翰·施特劳斯及其父亲、兄弟的作品为主，每年压轴的曲子必是《蓝色多瑙河》，最后一支 Encore 的曲子必是《拉德斯基进行曲》。尽管鲜花仍然摆满舞台，墙壁屋顶金光闪闪，今年听众席上却空无一人。指挥里卡尔多·穆蒂带领乐团演出了一台精彩的音乐会，但到了《拉德斯基进行曲》时，还是让人感到不对劲了。以往演出时，听众会在几个段落跟着音乐的节拍整齐地鼓掌，增加欢乐感和参与感，掌声成了音乐的一部分，这时指挥会转过身来面向听众，似乎听众是演员似的。演出中观众与演员是天使的两翼，现在我却像是听到羽翼折断的声音。爱乐乐团主席弗罗绍尔说，今年音乐会的意义是传达“希望与乐观”。乐曲以响亮的小军鼓开始，极具爆发力，并且一路紧随，曲子行进感十足，像是大军出征，充满自信与自豪。穆蒂特别增强了镲的效果，让人热血沸腾。

2020 年东京奥运会在几经犹豫商讨后，被迫取消了计划，推迟到 2021 年。不久前，国际奥委会宣布，仍需要看夏天时疫情的发展而定，即便举行，也会采用从未有过的无现场观众的方式，这又是一场没有观众的演出。在古希腊，人们崇尚平等竞争，崇尚英雄精神，在对极限的挑战中，获得与天神媲美的伟大瞬间。后人对奥林匹克精神遗产充满景仰，1896 年决定举办第一届现代奥运会。从那以来，只有在两次世界大战期间的 1916 年、1940 年和 1944 年中断过三次。这次是人类与病毒的世界大战，一场伤亡不亚于前两次世界大战的惨烈战争。人类 vs 病毒的战争，最终我们能取胜吗？那是肯定的。人类除了可能由自己毁灭自己之外，是不会被外部敌人战胜的。

王鼎钧

“没有观众的演出”，这个标题使我想起戏剧的四大要素，剧本，演员，舞台，观众。既称要素，缺一不可，我们写诗写散文，书印出来，即使一本也没卖掉，也是出版了，到了戏剧这一行，如果没有观众在场，这场戏不算演出，只能算是彩排。再说，大幕拉开，全场的座位都空着，这出戏还演得出来吗？恐怕连彩排都免了吧。

戏剧公演经过周密安排，怎会没有观众？天下事总有意外，张艺谋执导的电影《活着》，以淮海战役为背景，葛优率领一个演皮影戏的班子前往慰劳国民党军，开演的时候，野地里坐满了人，可是演着演着战场的形势改变了，在场所有的官兵都悄悄撤走了，演戏的人密闭在狭小的后台操弄牛皮剪成的影人，全神贯注，完全不知道已经没有观众了，直到解放军的刺刀把幕划破，这才看见四野茫茫，这一场戏很精彩。

“意外”也可以人为制造。想当年上海戏剧界恩怨是非很多，有一个年轻人到美国学戏剧，回国以后受人排挤，没有一个戏院肯演他写的剧本。这个年轻人家境富裕，一怒之下出手报复，等他的敌人写了个剧本定期首演的时候，他组织了一批人把全部戏票都买来了，当然这些人不会去看戏，于是这场公演就没有观众了。这件事名导唐绍华的回忆录中有记载。

人间事层出不穷，活到老学到老，没完没了。这一年忽然出现一种流行性肺炎，借着人的呼吸传染，短短几个月就传遍了世界，各国都进入紧急状态，限制人和人接触。这样一来，观众就不能看戏了，戏院就不能演戏了，空空的舞台对看空空的座位，好像两双睁大了的眼睛失神对望。推而广之，体育馆没有体育，音乐厅没有音乐了。我现在居住的这地方号称艺术大都，全世界拔尖儿的艺术都在这里轮流留下记录，档期并非临时安排，早在一年前就决定了，戏院早就把信息印在他们的刊物上广泛散布了，观众听众早就留出时间约好伴侣了，现在忽然有这样的顿挫，无异于一只粗暴的手从他们的生命中掏去了一点什么，那感觉就不仅是怅然若失了。

在八大艺术中音乐有些神秘，有一种说法，真正的音乐家和听众之间并不依靠声音联结，而是心灵感应，这种感应不受距离限制。音乐家从来就不是只为现场演奏，他们演奏给青天白云听，给山川大地听，给草木虫鱼听。那些真正的乐迷说，虽然演奏会取消了，他们到了那个约定的时间拨冗静坐，冥冥中那神秘的感应仍然发生。这么说，曲终人散之后，音乐并不消失。这么说，“海内存知己，天涯若比邻”，另有解释。里卡尔多·穆蒂带领乐团在维也纳金色大厅的新年演奏，明知听众无人到场，依然隆重举行，也许就是这个意思吧？

透支幽默

王鼎钧

2002年，有一种叫作SARS的传染病流行，有人译为“杀尔死”，单看这三个字就可以知道这位凶神恶煞多么厉害！病毒可以经过病人的口鼻分泌物传染，除了人和人接触之外，口鼻分泌出来的液体常常浮在空气中等人吸入，危机无所不在，人心又是多么恐慌！事后刘建理先生总结，有三种人因SARS死亡，一是病死的，一是吓死的，一是在电梯里咳嗽被人打死的！这个总结很幽默。

2019年出现的新冠肺炎，传播更快，伤人更多，刘建理先生对SARS的总结，今天又可以使用一次。先说吓死，当年淝水之战，苻坚的大军禁不起“风声鹤唳，草木皆兵”，多少人自相践踏而死，可以说都是吓死的。今天也许需要解释一下：大军作战，以平原旷野为战场，战场上不是庄稼，就是荒草，军队在战场上前进后退，衣服和植物摩擦，会发出很大的声响。黑夜中风吹草动，士兵听见声音，以为是自己的军队败下来了，慌了，乱了。那时没有今天的电讯，军队进退要听钟声鼓声角声，苻坚的军队听见鹤的长鸣，以为是敌人发出进攻的号令，慌了，乱了。结果全不是那么一回事，当时以为性命交关，事后想想很可笑。

再说在电梯里被人打死。当年的SARS和后来的新冠肺炎，都在“三密”的环境中最容易感染，“三密”是密闭、密集、密切，这是日本防疫使用的名词。电梯正是一个“三密”的地方，防疫期间，人在其中，最恨感染了病毒的人不在家中隔离，还要来站在他的身旁。人对人可以恨到什么程度？

近年以“幽默过日子”驰名的作家吴玲瑶女士，也在以幽默度疫情中的人。新冠肺炎的初期症状是丧失味觉，有人出去吃豆浆油条，豆浆分甜的、咸的，还有清浆，原味不加佐料的。这人叫的是甜豆浆，老板拿了一碗清浆给他，他含在嘴里尝不出甜味，以为自己染上新冠病毒，刹那间，整个人吓得几乎瘫痪了！

我没想到，无论多么平凡的人，一旦患了新冠肺炎，立刻变得非常重要，他的每一步脚印、每一声咳嗽都非同小可。我也曾批评历史上第一个造酒的人，认为他留下无穷后患，想不到今天酒精这么重要，一天开门八件事，柴米油盐酱醋茶，酒精！我从来不认为卫生纸能摆上台面，防疫你才发觉，“若是没有你，日子怎么过！”抢购囤积，不甘后人。有朝一日，时过境迁，回想起来都很可笑。

何必等将来呢？幽默可以提前透支，今天就让它陪你过冬吧。

程奇逢

网上看到一则“笑话”：“如果不是这场新冠肺炎，我还不知道17年前“非典”的中国有多牛。”它是想说，当年那场惊心动魄的SARS，比起现在的COVID-19，是小巫见大巫了，现在疫情一波接一波，看不到尽头，而当年的SARS，不到一年，神不知鬼不觉消失得无影无踪。但我觉得这个“笑话”一点都不好笑。

倒是最近《纽约客》在一篇长篇报道中，“严肃”叙述的一件事，更令我印象深刻。还在疫情刚开始的1月28日，美国副国家安全顾问马修·波廷格询问一位早期参与治疗新冠肺炎病人的医生：“这会和SARS一样严重吗？”“不要跟2003年比较，它更像是1918年。”医生说。1918年，那场被称为“西班牙流感”的瘟疫，导致了大约6000万人死亡。

这次疫情前所未见，很多人有了从未有过的经历。以前在日复一日上班之后，“梦寐以求”的就是有几天可以什么事都不做，想睡到什么时候就睡到什么时候，可以玩手机，看电视。现在居家禁足，这样的日子多了，反而抱怨了起来，抱怨要发胖，抱怨要得忧郁症。“梦寐以求”到手后，却发现掉价了。

爱美是女人的天性，一位医生回忆，有的女病人住院时都带上高档化妆品。现在，口罩遮住了口红，消毒液洗净了红指甲，手套盖住钻戒，护目镜挡住眼睫毛，以前老公总为太太不断买新衣服，买化妆品，心惊肉跳。现在不再出去社交，怕病毒连门都不出，一件睡袍，扛了快一年了。

原来以为与朋友们吃饭聊天，是一件多么简单的事，现在和很多朋友已经有一年没见面了。但是有两人是例外，他们是我青少年时代的朋友，50 年中一直保持着联系，难得的是，现在我们都住在纽约。我们仨学的不一样，张君在纽约大学学电影研究，陈君在曼尼斯音乐学院学小提琴演奏，我在匹兹堡大学学力学。我们三人性格迥异，有时自然会为一个问题争吵，吵得脸红脖子粗，但在说再见之前，就会和好如初。过去我们每隔两三个星期会一起吃饭聊天，在疫情最初几个月不能见面后，我们就约好时间在 Costco 见面，顺便买些食品。我们戴着口罩，慢悠悠地挑东西，聊着天，然后再过两三个星期又约一次。每次去 Costco 见他们时，常有白居易说的“每到驿亭先下马，循墙绕柱觅君诗”的感觉。

连华尔街评估经济规则的方法都不灵了，高盛首席经济学家哈祖斯说，通常的做法是用人们的消费倾向与他们的劳动收入，预测商业周期的起伏，但是“现在不是人们没钱下馆子，而是没有馆子可以下了”。他自以为这句话很幽默。疫情使美国经济受到致命的打击，失业率攀升到历史最高点，航空、旅游、餐饮、娱乐、体育等行业很多年后都无法恢复到疫情前的水平，而一些行业可能永久消失了。几年以后，当馆子又开门之时，很多人却没有钱下馆子了。那时，人们回想起哈祖斯当年的幽默，可能笑不出来了。

由元好问的雁丘说起

程奇逢

被称为 COVID-19 的疫情，从冬天到冬天，整整一年，给全世界带来无尽的痛苦，日月无光，哀声遍地。

昨天终日大雪，雪霁，朋友发来一微信，“君应有语，渺万里层云，千山暮雪，只影向谁去？”这是元好问的《摸鱼儿·雁丘词》中的几句。开头三句，尽人皆知，是中国古典诗词的名句：“问世间、情是何物，直教生死相许？”

原诗有序，元好问 16 岁时赴太原应试，途中遇一张网捕雁者，他网到一雁，把它杀死，另一只逃脱，却不肯离去，悲鸣不止，后竟自投于地而死。元好问听了十分悲哀，买下两只大雁，葬于汾水之上，垒石为识，号曰雁丘。这首中国诗词的瑰宝《摸鱼儿·雁丘词》也因此而生。

在疫情下读这首词，竟别有一番感慨。元好问是由雁而及人，我不由得由人而及雁。

春秋两季，雁行南北飞迁，飞行中的大雁，纪律严密，老雁引领，长幼有序。民间传说，大雁情深意长，雌雄相配，无论哪只先死，剩下的一只孤雁，不再找其他伴侣，所以有“雁孤一世，燕孤一时”之说。唐王勃《滕王阁诗序》：“雁阵惊寒，声断衡阳之浦。”大雁与人无忤，不知道为什么有人要捕之食之？

人类从爬行到直立，到学会使用石器、长矛、弓箭，进而制造枪炮，开始以强势物种的面貌宰制这个星球，对任何动物生杀予取，而不顾及生物圈本身是一个整体，是一个巨大完整的生命系统这一事实。当“科技”进一步发展时，人类甚至对地球本身进行榨取、污染、损毁。

然而，野生动物既然是地球生物圈的一员，它们也会对人类施以对抗报复，最常见的就是瘟疫、传染病。病毒恐怕是地球最古老的居民，它可以直接杀死人类，各种存在久远的动物也会与病毒合谋，以病毒宿主的身份加入对人类的战争。整个近代史上，人类的杀手天花、疟疾、霍乱、麻疹、流行性感冒，都是从动物的疾病演化而来的传染病，1959 年又有了人类感染来自猴子的艾滋病病毒的记录。

传染病对人类巨大的杀伤，殷鉴未远。第一次世界大战刚结束，西班牙大流感就杀死了 5000 万至 1 亿人，远比大战中士兵平民死亡的总数为多。黑死病（腺鼠疫）在 1347 至 1353 年间杀死欧洲 1/3 人口，薄伽丘的《十日谈》为那次瘟疫作了旁证。美国经济史学家贡德·弗兰克在《白银资本》一书中说，在殖民者到达美洲后的一个世纪，当地人口减少了95%，主要是被殖民者带来的天花等疾病杀死的。

元好问葬双雁，立雁丘，写《摸鱼儿·雁丘词》，“千秋万古，为留待骚人，狂歌痛饮，来访雁丘处”，我觉得他用这种极具仪式感的方式，已替人类向那只被杀的大雁和那只殉情的大雁道了歉。然而，当此全世界疫情肆虐之时，隔着800年的时光，向雁丘回望，我仍懊恼不已，人类似乎并没有真正忏悔他们的傲慢与无限扩张的野心。如果这次疫情能够迫使人类谨守生态平衡，对大自然保持永远的敬畏，则幸甚。

王鼎钧

金代文学家元好问看见猎人捕雁，雁殉情而死，“问世间、情是何物，直教生死相许？”当代画家李山不吃肉，画很好，人憔悴。他并不信佛，素食的理由是追求公平，他也有一问：“它也是一条命，人凭什么把它吃掉？”

我曾和他讨论“食物链”，高级动物吃低级动物，低级动物吃植物，植物吃肥料，弱肉强食！可是人死以后，尸体分解，变成肥料，由植物吃回来，天道循环，无论吃和被吃，也算是人人为我，我为人人，李山兄好像用不着生那么大的气？

2020 年这一年，新冠病毒在全球各国流行，它最后破坏患者的肺，使人死亡。从电视看世界，医院爆满，殡仪馆爆满，火葬场爆满，拿体育馆和学校教室当病房，公园改作停尸间，农田下面是千人冢。这飞来横祸又一次印证了环保专家的警告，人对大自然掠夺破坏，不能节制，大自然要用种种灾害反扑。专家言之有据，不过仍然有人怀疑，人类在用两只手扑蝴蝶的时代就有瘟疫，在一刀只能杀死一只鸡的时代就有旱灾水灾，那时候大自然又凭什么生那么大的气？许多人怀疑“反扑”是戏剧性的说法，难道病毒也有意志，有情绪，也“卧薪尝胆、生聚教训”？

人类在工业时代选择保留了渔猎时代、畜牧时代、农业时代的饮食习惯，这种发展出乎人性。人有缺点，人性挂帅终有一天出问题，中国古圣先贤开出的药方是抑制人性，逆水行舟。到了西方，病人不合作，看看这一次新冠病毒大流行吧，死亡率节节升高，由每 19 分钟死一人到每 33 秒钟死一人，叫你戴口罩你偏不戴，叫你别参加宴会你偏参加，叫你别到风景名胜区旅行你偏去人挤人，现世报就在眼前，人散以后有人病，病患中有人死，居然有那么多人视死如归！

西方圣贤说，顺应人性而生的问题，不能用逆反人性来解决，仍要顺应人性求出路，他们主张把强暴犯送进恋爱训练班，反对施以宫刑。人性只注意眼前的利益，不注意久远的利益，只注意个人的利益，不注意全体的利益，这就说到排碳。现代工业排出太多的碳气，使气候变化，终有一天人类无法生存。这也是人性造成的，你要他减少排碳，不会成功。那位曾经蝉联世界首富的大资本家说，他已捐出数十亿美元，希望能找到一种方法，既能减碳，又能使资本家赚钱。如果他们能顺应人性，发明出一种东西来，把它掺进汽油里，混进煤炭里，使燃料完全变成能量，没有碳气排出来，现在每一加仑汽油大概能使汽车行驶 27 公里，到那时每一加仑汽油能使汽车行驶 32 公里。有此奇货，商人自然争着卖，工厂自然抢着用，减碳轻而易举。

说时快，那时慢，千呼万唤，对付新冠病毒的疫苗总算研发成功了，这玩意儿既能防疫又能赚钱，正是上应天理、下顺人情的奇货，但愿一针下去，省却防疫的一切清规戒律，等闲结束了颠倒众生的新冠时代，人性松绑，人心大快。

鱼与熊掌你来选

王鼎钧

新冠肺炎大流行，许多人改变了人生观。原想搬家，现在不搬了。原想卖房，现在不卖了。有人赶快结婚，有人赶快离婚，没立遗嘱的人立遗嘱，立了遗嘱的人改遗嘱。人生原是不断的选择，他们重新作出选择。

新冠病毒出现初期，有人愿意戴口罩，有人不肯戴口罩。上街买东西，有人看见店员没戴口罩，就不进去了，这家店不注意防疫，里面不安全。也有人看见店员戴口罩反而不进去，担心店里的老板或店员已经有人中招。这也是选择。

这次抗疫是长期作战，战斗激烈，医生和护士任务最重，风险最大，吃苦最多，若按人口比例计算，可能死亡率也最高。学医的人后悔了没有？2020年这一年，医学院招生，报名的人数减少了没有？答案是没减少，反而增加了！敏感的新闻界为我们采访过了，这年暑期，美国各地医学院申请入学的人数，比往年“平均”增加了17%，涨幅很高。这也是一种选择，表示有很多人本来不打算做医生，现在改变了。

改变选择，表示他改变了人生观。人生观不是一天养成的，往往是一夕可以改变的，有几种遭遇，冤狱，战争，被出卖，大手术，自然灾害，使他前后判若两人。假如人生是100个问题，你的人生观能回答多少问题？新冠病毒这个史无前例的传染病来了，把问题都提出来一个一个拷问你，是“拷问”，不是“考问”。你的人生观答不出来，或者答得不好，你就想丢弃它，换一个。新的人生观使他作出不同的选择，但是仍然未必是正确的选择。

即使是纸上谈选择，也不容易。一人独居，如果染上病毒，没人送你进医院。如果是两个人，病毒找上其中一个，会传染给另一个。多一个人多个商量，少一个人少一分牵挂。一百个人，只要有一个人愿意死，其他九十九个人都可以不死，这个人是英雄。一百个人，九十九个人为他死了，他可以不死，这个人也是英雄。据说杨朱站在岔路口哭了，因为“可以南可以北”，墨子为白丝悲伤，因为“染于苍则苍，染于黄则黄”。他们都知道选择是千古艰难。

先贤教我们“两害相权取其轻，两利相权取其重”。如果一个选项是鱼，一个选项是熊掌，孟夫子劝人吃熊掌。那可不一定，老年人有“三高”，为健康计，还是吃鱼妥当。如果一个选项是熊掌只吃一次，鱼可以每星期吃两次，连续吃二十年，即使是年轻人也该放弃熊掌。且看眼前，一边是戴口罩，不出门，一边是不戴口罩，参加派对狂欢，简直是“饿死事小，失节事大”了，利害之间他到底是怎么权衡的？

疫症流行期间流行一句话：“一切等消灭了病毒以后再说吧！”我也用这句话做这篇小文的结尾。

程奇逢

新冠肺炎疫情期间，戴与不戴口罩成了个问题，人们作出不同的选择，于是美国一片混乱。有人为这种现象辩解道，西方人不像东方人那样习惯戴口罩，但具有讽刺意味的是，现代口罩是西方人发明的。19 世纪 90 年代，德国医生发现呼吸道可以传染细菌疾病，1897 年，先是在德国，然后欧美的外科医生在手术室里都戴上口罩，那时手术室中只有主刀的医生戴口罩，助手及护士都没有戴。

让西方人普遍使用口罩的是 1918 年至 1920 年的西班牙大流感，那次流感夺去几千万至 1 亿人的生命，比刚刚结束的四年大战中血腥厮杀的双方士兵加上各国平民的死亡总数还多。这次流感是不是起源于西班牙并不确定，对于第一次世界大战中各交战国，打仗比抗疫重要，而且对舆论实行战时管制，但西班牙是中立国，可以自由报道疫情，因此倒惹上这个恶名，西班牙人也不太在乎，有时他们称之为“法国大流感”，法国人也没太在乎。

当时美国也受到很大的影响，与今天一样，戴与不戴口罩有着激烈的争论，与今天不一样的是，旧金山等市政府下了强制戴口罩的命令。《口罩法》规定，疫情期间，任何居民或者到旧金山访问的人士，在公共场所或超过两人以上的聚会中，如果不遵守戴口罩命令，将被处以 5 至 100 美元（100 美元是当时普通工人三个月的工资）的罚款，或者监禁 10 天。正是由于美国一些地方政府严格的限制令，美洲大陆在西班牙流感期间死亡人数大大低于欧洲。

从疫情开始，人们就开始分裂，有人愿意戴口罩，有人不肯戴口罩，一年过去了这个争论还在继续。上个月亚利桑那州出现大规模反对口罩令的抗议活动，标语牌上写着：We will not be muzzled——“我们不能被封口”，该州是目前美国疫情最严重的地区。一个医生警告说：你不听劝告，很快就住进我的重症病房。堪萨斯州一家餐馆的老板，要求所有进店吃饭的顾客都必须戴口罩，但一名 40 多岁的男顾客称自己有不戴口罩的权利，边说边有意无意露出自己所带的枪支，老板告诉这位顾客，新冠病毒才不管你有没有枪，并把他赶走。

选择戴口罩的人只有一个理由：科学已经证明口罩有助于阻止病毒的传播，可以保护自己也保护别人。选择不戴口罩的人则有各种理由：个人自由不能被剥夺、政府不应过分管控、妨碍呼吸顺畅、丧失男子汉的气概、延迟结婚……圣地亚哥一家媒体的社论调侃道：在公共场所工作的女孩被迫戴上口罩后，我们错过了那些漂亮的脸蛋。

“个人自由”与“社会责任”的界限不容易确定，这也给抗疫中的人们带来困惑。

一个朋友的离去

程奇逢

我与他其实并不熟，见过几次面，打过招呼，却没有交谈过。但是因为死亡，他在我心中活了起来，我不止一次想起他。

2016年成立的“北美中文作家协会”，汇集了美国加拿大110名作家，住在纽约及附近的就有30人左右，一年两三次活动，一半人我认识，一半人不认识。一位永远西装领带，颜容整洁的男士，与穿着随便的我们形成对比，他看上去70岁左右，这年头，平均寿命增加，人也看不准年龄了，但可以肯定，这是一个讲究风度情致的人。他先过来与我打招呼，有恂恂儒者风，我也礼貌地向他问好，后来知道这是蔚蓝先生。

蔚蓝先生是个医生，毕业于山东齐鲁医学院，纽约哥伦比亚大学病理科退休。一个医生却亲近文学且著作颇丰，他出版有《蔚蓝散文集》《有多少事可以重来》《蔚蓝诗萃》。

从他文章的自述中可知，1934年他出生在上海，到了1949年，15岁的他已对上海旧时光有了完整的记忆。他写过一篇万余字长文《弄堂》，把上海弄堂“里”“坊”“村”“园”的特点和高下讲得很清楚，邻居的众生百态被他描写得十分鲜活：戈登路巡捕房高级警官，一家13个孩子，为一母所生；五金店老板家布置得像佛堂，妇人终日坐在里面不出门；大房东的院落最大，只有房东太太和她的独子居住，却常有一个手提皮质诊疗箱的小白脸从后门出进；一个大人口中的“咸水妹”（寄居上海的广东妓女），他不解其意，只觉得那是一个漂亮的女子。他80岁时写的童年生活，文字仍很生动。

在2020年年初发表的《搬家》中，他讲述了20世纪80年代中期来纽约医学中心进修的生活，那时他已经50岁，应该是个资深医生了，不知为什么还要来美国与比他小二三十岁的年轻人一样过留学生的生活。那个时候大陆来的留学生日子过得可是很苦的。他多次搬家，住在隔出来的小房间里，因为漏雨被子都被打湿，投靠表叔，却因为他有些诡异的婚姻而不得长住。我也是80年代初来美国留学的，也多次搬家，家具都是捡的，一次捡到一台电视，搬到家里发现有图像没声音，下次正好捡到一台有声音没图像的，两个摞在一起，看了好几个月。

疫情初期，他在与他的忘年交，诗人枫雨的微信中说，他怕死，并说枫雨是不会理解的，到了他的年纪才会明白，原因是他不知道“那个世界”是怎样的，所以恐惧。但有严谨科学训练的他又给枫雨做了一道数学题，如果能再活 15 年，刻意安排的及无意碰到的会面，总共还有多少次。

2020 年 7 月 8 日，蔡维忠会长发表公告："蔚蓝先生因新冠肺炎于4月30日在纽约去世，享年85岁。" 我们得知后都很难过。他一定还有很多与朋友相聚的约定，还有很多要写的文章，有十年廿年的计划，但他走得这样匆忙，没有告别，只把和煦儒雅的身影留给了我们。

王鼎钧

"一个朋友离去了"，这句话可以入选 2020 年的流行语言。后世人不能想象，一场叫作新冠肺炎的大瘟疫流行，夺命如秋风卷地百草折。新闻报道说，讣闻太多，某些国家的报纸要增加一大张两大张，然后不收讣闻，然后丧家不发讣闻。虽然不发讣闻，"一个朋友离去了" 还是会知道，好比蜘蛛网上断了一根线，蜘蛛会有感觉。新闻媒体说："每个人都有亲友离世。"

想当年美国总统艾森豪威尔在他的办公室里挂了一张照片，那是一座大桥。没有人知道他为什么挂这张照片，有一天，他可能是临时有感而发，他指着这张照片对新闻记者说："每天有无数的行人车辆从这座桥上经过，没有人在意这里有座桥，若是有一天桥塌了，行人才会记得这座桥重要。”我想，“一个朋友离去了”也是如此吧，好比大路上少了一座桥，你得绕着走，钢琴上少了一个键，你得跳着弹，好比麻将少了一张牌，最后教你知道为什么没有和，好比身体缺少某一种维他命，想起来觉得生命里有个黑洞。

“一个朋友离去了”，你最容易记得他的个性，好比秋夜天空一颗星失落了，你记得它的光芒，不是形状。物以类聚，作家的朋友多半是作家，他走了，文章留下，你也许最后忘记了他的文章，忘不掉他生前如何对自己的作品充满信心。“文章是自己的好”，并不是别人写的都不好，而是文章好在哪里只有作者自己知道，“人生得一知己可以无恨”，其实没那么严重，人人都有一个知己，就是他自己。“何日一樽酒，与君细论文”，他只谈自己的文章，不谈别人的文章，只有谈自己的文章才言之有物，言不虚发。这是一种“痴”，事后回想，有痴才可爱，他对“知己”一词的新解也就成了名言。

有一个朋友不写文章，他常常开会，每次开会他必定迟到，人称“迟到委员会”的主任委员。既然有迟到委员会，那必定迟到已经成为普遍的习惯，与其准时出席要坐在冷板凳上等那多数迟到的人，不如比别人到得更晚一点，入座之后立即开会。此公也有一个好习惯，如果他做主席，一定比别人早到，于是大家每次开会都推他做主席。你有挑战，他也有回应，每次他做主席，不管人到了多少，必定准时开会。有一次，人到齐了，没过多久，预定开会的时间也到点了，他立刻宣布散会，全场愕然。好在那个年代，他开的那些会大半都是不必要的，那些会做成的记录，大半也是不算数的，所以倒也没听说耽误了什么要公。俱往矣，只有某公把人生化为打乒乓球，我耳旁依稀犹有铿锵之声。

有一个乡村妇女说：“人生在世，不过是人家生我们，我们生人家。”林语堂博士听见了，写下来，赞叹她语言的表达能力。我现在也可以说，人生不过是“一个朋友离去了”，然后“一个又一个朋友离去了”，然后“离开了朋友”。

先救哪一个？

王鼎钧

为了预防病毒感染，各国都在接种疫苗。疫苗慢慢生产，接种的人要排先后次序，各国都是第一线的医护人员优先，没有例外，可见人间还是有公理和共识。然后，有些国家先给老年人，有些国家先给年轻人，这就有了分歧，也就有了话题。

美国把老年人排在前面，老人抵抗力弱，最容易写进“确诊”的名单，而且治疗的时间比较长，也很难复原。这个老人势将拖累他全家，有个病例是一人染疫，全家七口死亡。防疫如守城，指挥官巡视阵地，先要把最弱的地方补强。至于年轻人，你先让他的爸爸妈妈安全，他分享了安全感。这样做也没人反对。

也有人说，美国医药发达，寿星很多，别说这些人没用了，把一张选票投下去还胜任愉快，选举的时候，老人闲着也是闲着，投票率很高，政客要他们的票，平时要找机会讨他们的好。这话倒也不假，美国政府机构暮气已深，缺乏为民服务的热忱，唯有给你办退休手续的时候既细心又殷勤，令人受宠若惊。为什么？百思之余终于算是有一解了。

中国是先给年轻人接种，那也自然，国有大难，支撑危局要靠年轻人，年轻人是你渡到彼岸的水手，他们得有力气划船。想起太平洋上有个大岛，名叫婆罗洲，第二次世界大战的时候，日军登陆占领，在岛上修了一个集中营，囚禁从附近各国运来的英美侨民。其中有位太太，战后写了一本回忆录，她说集中营食物不足，中老年人忍饥耐饿省下饭来给年轻人吃，因为打更守夜、伐木造屋、救死扶伤都靠年轻人。

有人设计了一个问题，号称难倒天下男子："你的母亲和你的妻子同时落水，你先救哪一个？"这个故事分裂繁殖，生出另一个问题来，有人问一个母亲："如果全家同时落水，你希望你的儿子先救谁？"这简直是天下最容易的问题了，当然是希望儿子先救他自己啊！自己先得救，然后才谈得到救别人。防疫先保护他们的儿女，老年人不会有异议。

保护老年人就是保护年轻人，保护年轻人也就是保护老年人，保护你自己也就是保护天下苍生了！一个人从来没有这样重要过，果然是天下兴亡匹夫有责，一人兴邦一人丧邦，偌大一个天津市，熙来攘往，人寿年丰，它是怎么沦陷的？只因有一个人跑进来打了一个喷嚏，飞沫四散，由点到面，笼罩全城。偌大一个沈阳市，清平世界，朗朗乾坤，它是怎么沦陷的？只因有一个老太太带来病毒，她一人感染了 27 个人，一发不可收拾。偌大一个美国，一片锦绣冒出千疮百孔，起初也只是有一个人，当局倾力寻找这个人。

现在疫苗都被大国富国买去了，有心人呼吁关心那些贫穷的偏僻的地方，如果没人保护他们，任何一国不能单独保护本国。这是新冠病毒给我们上的最后一课。

程奇逢

半生中国，半生美国，中西文化的差异与碰撞，有时给我带来困难，有时给我带来相互比较的乐趣，而一些学者专长于“比较文化”或“比较文学”，并以此为一生的事业。

好不容易等来疫苗，在如何分配上，中美两国的差异又来了。第一线的医护人员及在公共场所服务于社会的高风险人员是第一批接种的人，紧接着，在美国 75 岁以上，后来又放宽到 65 岁以上的老人获得接种资格。老年人容易被感染，感染后死亡率远远高于年轻人，先拯救他们，这与西方主流社会提倡的同情弱势群体及人道主义相符，无人非议。

到 2021 年 2 月中旬，世界上已经接种疫苗人数最多的两个国家是美国与中国，都达到5000万人左右，但考虑到人口的总数，中国人接种的比例，只有美国的四分之一。在中国，第一批接种的人群与美国并无不同，接下来，年龄就不是刚性指标，而是另有标准：谁接种更加“有用”？

“有没有用”从来是中国人考虑问题的要点，你做一件事或一个规划，最普遍被质疑的问题就是：“你做的这个有什么用？”中国人凡事强调实用、实际、实在，这种对现实利益的过度关注，已内化为中国人的气质性格、行为习惯和思维方式，并构成中国传统文化重要的一部分。中国古代在实用技术上领先世界，农业、水利、建筑、工艺独领风骚，却在“形而上”方面，比如数学、物理、化学以及创造新的思想模型方面显得迟滞。西方现代化准备阶段的文艺复兴、启蒙运动，准备的恰恰是那些“没有用”的东西：文学、绘画、雕塑、思想解放、自信心的建立等等。

100年前有一个真实的“落水先救谁”的事件，那就是1912年的泰坦尼克号海难，1517人死亡，705人获救，在突然的灾难面前，他们的共识是：“让女人和孩子先走。”船长、尽职演奏到最后一刻的乐手、船上年轻的男人和著名企业家都没有上救生艇。自愿留在船上的名人包括：钢铁大王乔治·维克；矿业巨头本杰明·古根海姆；梅西百货拥有人、国会议员伊西多·施特劳斯；纽约华尔道夫酒店的老板约翰·阿斯特；百老汇制片人亨利·哈里斯；等等。他们都是社会精英，“有用”的人。泰坦尼克号的故事一遍又一遍地被改编成电影、舞台剧。

但这次美国抗击新冠肺炎的“剧情”却把我看糊涂了，聚会、旅行极易被染上病毒，很快就会又传染给自己的亲朋，包括老人、妇女、儿童，成千上万的人却一次次置此于不顾，戴口罩也始终不能达成共识，美国疫情呈指数级增长正因如此。我不知是诸神离去了，还是人性中恶的东西沉渣泛起。

这次疫情必定会给我们很多教训，我们也会学到很多，尼采说：“我们人类是唯一这样的创造物，当其有错误时，能将自己删改，如同删掉一个错误的句子。”我们宁可相信他的话。

“暂停键”按下时

程奇逢

2020年新冠疫情，纽约成为美国第一个震中，到了3月中旬，纽约的染病人数和死亡人数占到全美国的四分之一。在一片惶恐中，纽约按下了“暂停键”，所有文化活动停止，图书馆、博物馆、戏院都关了门，人们居家隔离，全城一片死寂。

法拉盛图书馆是最早醒过来的地方之一，4月份它就开始举办云端的文学艺术讲座，紧接着其他各个文化团体纷纷跟上，以至于到了2020年下半年，纽约华人的文学艺术活动要比疫情以前多了许多。云端在线活动举办起来更加容易，它不需要去租场地，也不需要去做广告，网上发条信息就可以了，请主讲人也很容易，反正纽约人才济济，也可以请到国内的专家学者，参加者还省去路途上的时间和换衣化妆的麻烦。主办者都是很认真地去做，图片或文字的PDF准备得非常充分，有时一天好几场，文学、艺术、历史、书评、影评，个个精彩。

瘟疫会使人恐惧，使人忧郁，使人消沉，但也有人在禁足隔离中，在时间凝滞中，让思想活跃，让创造力突破封闭的藩篱。

莎翁的名剧《罗密欧与朱丽叶》中一个关键的情节，约翰神父没能按时把朱丽叶是假死的信息送到罗密欧的手上，罗密欧来到朱丽叶身边，以为朱丽叶已死，便服毒自杀，朱丽叶醒来发现罗密欧已死，不愿意独活于世，也自杀了。但约翰神父为什么没能把这封信按时送到，大家也许没太注意，如果回到原剧第五幕第二场，约翰回复劳伦斯神父时说："我临走的时候，因为要找一个同门的师弟做我的同伴，他正在这城里访问病人，不料给本地巡逻的人看见了，疑心我们走进了一家染着瘟疫的人家，把门封锁住了，不让我们出来，所以耽误了我的曼多亚之行。"这是不是与我们现在的居家隔离令及疫情期间人人自危的情形很相像呢？

1592—1594 年英国发生大规模鼠疫，这场瘟疫导致伦敦每 12 位居民就有 1 人死亡，伦敦按下"暂停键"，莎士比亚所在的"环球剧院"和全国其他剧院一样关门长达一年多，无法工作，莎士比亚于是全身心投入创作，写了他的第一首长诗《维纳斯与阿多尼斯》及好几部戏剧。瘟疫结束后，剧院重开，《罗密欧与朱丽叶》上演，大获成功。这部剧创作于瘟疫期间，剧中出现瘟疫给主人公造成灾难性后果的情节也就不足为怪了。

莎士比亚一生中经历几次瘟疫及剧院关闭，他从未停止过他的创作，他从 26 岁写第一部剧到 52 岁去世，共创作 38 部戏剧以及许多诗歌，平均一年创作一部半戏剧，而这些作品都是在英国黑死病反复出现，剧院多次开放又关闭的情况下完成的。灾难可以重塑社会生活，却无法左右作家的才华。

很多人在瘟疫猖獗时，没有停止自己的创作，历史被留在了他们的文字中。

王鼎钧

疫症流行，人与人接触传染，政府不许 20 个以上的人在一起，人称限聚令，政府劝告大家除非必要不要外出，人称禁足令。可以想象，社会好比一部机器，限聚禁出，这部机器就停顿了，人称按下暂停键。专业名词“暂停键”化身比喻进入日常语言，于是我们得到一个新词。以前，我们说停格，“停格”本是电影术语，国产片《精武门》，租界巡捕包围了精武门武馆，陈真从门内一跃而出，离地七尺，出拳伸腿的姿势悬在空中不动，导演故意使摄影机失焦，显示这一跃的力度速度，这就是停格。再以前，我们说停摆，那时的时钟是一个竖立的木盒，上面是钟面，下面挂着一块铜牌，左右摆动，发出响声，“嘀嗒”一声就是一秒。

历数词语更新，回顾文明演进，惊叹生活节奏越来越快，人和人之间的依赖越来越多，没有熙熙攘攘几乎不能生活。这“暂停键”按下去了，才发觉社会是不能暂停的，这才警觉我们都坐上一辆不能刹车的汽车了！不准进教堂礼拜，教会告状；不准进教室上课，家长请愿；不准进餐馆吃饭，餐馆纷纷倒闭；不准工人进厂做工，工人没有收入，要求救济。当局哄小孩，朝三暮四，暮四朝三，引导你一天一天熬过来。即使如此，有学问的人说，“暂停”好像使一个孩子在某一段时间内停止发育，后遗症是不可避免的。我的经验如果有用，到了那时，人们只记得“暂停”这个按钮，忘了病毒那把屠刀，今天的功臣，明天的罪人。

如今正值暂停，且说暂停。咱们三句话不离本行，说到作家。作家一向居于弱势，这一次不然，如果暂停造成损害，作家受的损害最小，如果暂停有益处，作家得到的益处最大，因为作家最需要的是孤独，现代人最难得的也是孤独。好了，暂停键按下，孤独从天而降。限聚禁足，你发现忽然多出来这么多时间，那就谢天谢地吧，那就玄思冥想吧，暂停键已按下一年之久了，您的计算机应该早就重新启动了，您造句谋篇应该早已开始了，估计未来还可以有一年时间，让您有理由保持孤独，不致成为社交罪犯。请恕直言，您能不能层楼更上，要看您在这两年之内做些什么。专家说，疫症终将成为过去，人类的生活习惯会发生改变，请恕直言，您未来能不能登峰造极，要看您在两年之后如何改变。如果您能留下一些作品，代表个人也代表时代，也是为人类吐气，对病毒做出快意的报复。

限聚期间，文学社团在线上举行大型活动，称为“云端会议”，这又是一个新词。我们迎接这个词进入日常语言。人类的创作力生生不息，对作家来说，“上帝把他们的门关上，他们自己打开窗子”，这个窗子就是线上，就是云端。路径在云端，传达的是地气，果然千里姻缘一线牵。祝福他们！

白衣大军战绩辉煌

王鼎钧

凡是住过医院的人，大概对护士对医生都有怨言。每天望穿秋水，医生来到你病床旁边站一站，只和护士说笑。护士每天重复她例行的工作，此外想她多走一步路也难。医生和护士与我们常人不同，我们滴一滴血也心跳，他们受过专门的训练，天天看一摊血、看缺胳膊断腿、看心电图画地平线、看直着进来横着出去，镇定了，老练了，勇敢了，冷酷了，大慈大悲竟像是无爱无憎了！

可是这一年，2020 年，新冠肺炎流行，逆我者死顺我者也不生，人人恨不得找个地洞蜷起来，只见医生护士，穿戴白巾白袍，组成白色大军，筑起白色长城，与病毒作白刃战，居然不眠不休、不退不让、不惑不惧，倒下一个，再来十个，败了一场，再打十场。他们不仅在前线奋战，还在后方教导全民防疫，“一两的预防胜过一磅的治疗”。天无绝人之路！大灾大难有此大仁大勇，给世人争取了一年时间，直到疫苗产生。我写这篇短文的时候，全球有 8881.0289 万人染病，191.1586 万人死亡，如果没有白色大军忘我牺牲，专家估计，只要六个星期，全世界的人都会病倒！你敢想象吗，如果全世界的人都病倒了，眼睛没闭上，他们看到的又是一个什么样的世界？

这次新冠病毒狡猾狠毒，传播迅速，的确是所有病毒的“冠军”，社会上突然增加了这么多病人，医院不但没有这么多人手，也没有这么多物资，于是医生护士不能休班，不能回家，医生没有工夫吃饭，只能在护士手中喝两口咖啡，护士没有时间入睡，只能伏在工作台的边儿上打个盹儿。人手不足，兽医也来了，整形外科的医生也来了，军中的战地医生也来了。口罩不够用，护士们脱下头巾缝临时的口罩，防护衣不够用，用大型的垃圾袋代替。新闻报道说，意大利有一位护士，一直在疫情最严重的地区，守护重病的病房，她在极度疲劳中发现自己也中毒了！她非但不能照顾别人，反而还要散播病毒了！她竟然选择了自杀！

这是战争，战斗一定有伤亡，他们也是血肉之躯。中国在疫情蔓延的第一个阶段，山东莱芜有人在他的居所中设立了五百多个牌位，纪念五百多位白衣先烈，他是从新闻报道中搜集到这五百多个名字的。这还仅是疫情初期，仅是中国一地。将来，疫情结束，会有全面的统计数字，也许会有庞大的纪念碑，上面刻着每个流芳百世的名字。现在，有许多都市，只能在每天晚上八点钟，家家户户打开窗户，敲打各种可以发出响声的东西，表示向医护人员致敬。据说这个方式始于西班牙。可以想象，整条街上，十几二十层高的公寓大楼，千门万户密布，晚饭后，家家户户的窗户同时打开了，千万件响器声中，左邻右舍相视而笑，知道彼此都健康，这个画面也值得回忆。

程奇逢

人的完整教育，小学、中学、大学，可能只有在中学阶段需要面对未来事业选择的问题，小学毕业自然升入中学，大学毕业该成家该挣钱去了。上中学时，人进入成熟期，有了爱好，有了憧憬，有了对未来人生的计划。考大学前，就该决定以后要学的专业了。

我上中学时曾经考虑过以后学医，但还没毕业，赶上“文革”，从1966年至1978年初，神州大地史无前例地关闭正式高等教育近12年。中国有科举的一千三百多年历史中，改朝换代，外族入侵，考试停止这么久也是少有的吧？到了“文革”结束，可以考大学时，30岁了，觉得学医有些晚了，于是放弃。但是我始终对“白衣天使”持有更多的尊敬。

我的一位中学同学，如愿以偿地在美国当了医生。他出身名医之家，20世纪80年代初来到美国，发奋五年终于拿到博士学位，在纽约一家医院做医生。2020年春末的一天，我接到他的电话。他说："我正好有点时间可以喘口气，现在我站在我们医院立地玻璃窗前，下面是七辆冷藏车。我是医生，还配有防护服和口罩，但我们的护士，紧急情况下，随便抓个东西掩上口鼻，就冲进了病房。"疫情刚开始时，由于美国政府准备不足，一时间，口罩、呼吸机都极为短缺。他说这话的时候，我脑子里出现一位跃出战壕，冲向枪林弹雨的勇士形象。

还有一次，他在电话里说，我们科不是收治呼吸病发热病人的，现在医院里有套程序，对病人先量体温，问症状，贴上"安全"的标签后才把他们送来。但我们科的医生把每个病人都当成是感染者来对待，医院里的病人太多了。

疫情期间医生护士承受着超负荷的工作量，体力透支十分严重，但他们勇敢、坚毅，实践着他们熟读过的古希腊希波克拉底的"医生誓言"。我一个朋友的儿子在工作时染上新冠肺炎，虽然两三个星期后痊愈了，但每次说起儿子发高烧、剧烈咳嗽、呼吸困难、味觉嗅觉失灵的情况，她都几欲泪下，那时她儿子最依赖最需要的就是医生。当我们保持"社交距离"，尽量不出门时，他们走进充满病毒的病房给病人检查、治疗、插呼吸机。有人倒下去，别人会续上，对病人的治疗从未中止。

英国《卫报》（*The Guardian*）和《凯撒健康新闻》（*Kaiser Health News*）合办了一个网站“牺牲在一线”（Lost on the Frontline），这是一个纪念疫情期间死于新冠肺炎的美国医护人员并统计其信息的项目。截至 2021 年 1 月 13 日牺牲人员的数字已经达到 3176 人。

整整 2500 年前（公元前 480 年），斯巴达国王列奥尼达率领 300 名勇士，坚守温泉关 3 天，面对数百倍于自己的波斯大军，视死如归，顽强奋战，直至全军覆没。古希腊诗人西摩尼德斯写下感动过无数人的墓碑：“异乡人啊，请带话给斯巴达人，我们恪尽职守，长眠于此。”那些奋战在抗疫前线的医护勇士也值得拥有这样一座纪念碑。

下 篇

我的四弘誓愿

王鼎钧

广西师范大学出版社云端讲坛音频直播

一、文心无语誓愿通

今年是牛年，我是属牛的，今年是我的本命年。广西师范大学出版社，我的乡贤张杰先生要我做个音频，跟读者们谈谈自己。我就从牛谈起。

十二生肖，子鼠丑牛。我住的这个地方有很多中国画家，他们每年举行生肖画展，从子年画鼠开始，一年一年画下去，一直画到戌犬亥猪，我年年都去参观。上一个牛年，也就是十三年前，我去看那些写实的、写意的、古典的、现代的、彩色的、黑白的、形形色色的牛，我在致辞的时候说，我属牛，按照自然定律，这大概是我最后一个牛年，各位参展的这些画，每一幅我都觉得很亲切，恋恋不舍。有一位参展的画家，兆钟芬女士，当场把她参展的那幅水彩送给我。我很感动。

没想到那次牛年画展之后，我还有一个牛年。十三年后，今年辛丑，又到牛年，我很兴奋，很想给各位读者朋友谈谈心里的话，正好广西师范大学出版社给我这个机会。

想当初我是一个文艺小青年，喜欢写作，但是不知道怎样写。那个时候书店里没有一本书讲写作的方法，学校里没有一门课讲写作的方法，社会上也没有文艺夏令营或者写作补习班。我拜访有成就的前辈，请他们指点，他们都说，文学家靠天才，没有方法。有一位老作家反问我，谁告诉你写作有方法？难道写作是木匠做桌子吗？

我不死心。有一年台湾闹旱灾，用飞机在天上造雨，我想，天下任何事都有方法，连呼风唤雨都有方法，写文章一定有方法，我继续找，终于找到了！有老师肯教我，这一番因缘我另外有交代。我慢慢知道，三百六十行，每一行都有它的诀窍，这是他们本行的秘密，决不传给外人。即使是家庭主妇，她家的饺子做得特别好，她可以煮给你吃，但不让你进厨房看她怎么和面调馅儿。我那时候还有几分反叛，找到了写文章的方法，在写作当中累积了不少心得，我就把它陆续写出来发表，来一个秘密大公开，打破少数人的垄断。我学习的过程跟别人不大一样，我的第一本书是谈论写作方法的，我得到的第一个奖是文学评论奖。

要想把写作的方法说清楚讲明白，并不容易。有一位老师讲述咱们先贤留下的许多指点，当然是我们最重要的营养，可是他高来高去，点到为止，影影绰绰，模糊不清，有那么个地方，路怎么走，没有地图。也有老师详细介绍西方的论述，人家用词精确，有严格的定义，该归纳的时候归纳，该演绎的地方演绎，尤其是分析的时候好像手里有一把外科医生的解剖刀。但是用在中国的古典名著上，总觉得隔了一层。

有一天，我明白了，作家写作，是在共同的基础上建立个人的特色，谈共同基础，西方的文评家，说得比较清楚，谈作家个人特色，中国的先贤，说得比较有启发。起初，我以为他们两者似连还断，后来发现他们似断还连。于是两种方式都拿来用，为了说得更周全，更透彻，我用尽一切可能，一切机缘，一切角度。天下万事万物，风花雪月，鸡毛蒜皮，琴棋书画，吃喝玩乐，都可以做引子谈文学。你在他升官的时候说，他听不进，你在他生病的时候再说，他听进去了。你从正面说，他听不懂，你从反面再说，他听懂了。你在他二十岁的时候说，他用不上，你在他四十岁的时候再说，他用得着了。三句话不离本行，随时说，随地说，永远不失望。

我想，写作不像做桌子，写作也许像烧瓷器，怎么用陶土做一个“胎”，怎么上釉子，怎么画上山水花鸟，都有方法，一个师傅教一群徒弟，功课都一样，可是瓷器烧好了，从窑里拿出来，你做的我做的有差别，大家看得出来。还有呢，瓷器烧好了，开窑了，拿出来一看，原来的设计不是这样子，但是非常好，超出原来的设计，这叫“窑变”，非常珍贵，简直是国宝。能不能再来一次呢，不能，窑变没有方法。我们不能因为窑变没有方法，就说烧瓷器没有方法，倘若没有人照着方法烧瓷器，也就没有窑变了。有方法，才有瓷器，有瓷器，才有窑变，“方法”虽然不是窑变的今身，却可能是窑变的前世。无方法的窑变是天助，有方法的瓷器制作是自助，“天助还须人自助”。

写作的方法，能讲清楚的部分还是要有人讲，讲不清楚的那一部分要有人想，语言不能通，灵感可以通，理性不能通，悟性可以通，作文不能通，做梦可以通。江山代有才人出，今人不能通的，后人可以通。

最后，就是阅读的趣味了。写文章显示写作方法，那文章本身应该是够格的散文，除了可以实用，更应该可供欣赏，实用是言之有物，欣赏是言之有趣。我成长的那一段时间和空间，正好赶上文风转变，以作者为中心转向以读者为中心，对知性的诉求转为对感性的诉求，媒体中的广播和电视做了先驱。我做职业作家由广播入行，从电视退休，对于文学作品要“给人以知识，给人以教训，给人以娱乐”，操练甚久，体会很深。在这方面，我总算有了自己的特色。

到了晚年，我对自己已经出版的著作来了一次大检阅，大整理，以前讨论写作方法的书全部焚书毁版，把我的心得经验重新写过，成为您现在能够看到的版本。写作是有方法的，无论如何我要把它说清楚，这是我的愿望，我想我做到了。

二、文路无尽誓愿行

我在参观十二生肖画展的时候想到，人生百态，有龙吟虎啸，有鸡鸣狗盗，也有牛奔马走。我自己呢，属牛，学习的过程也像个牛。

牛的特征就是努力、有恒。我一生都在写，也一生都在学习，见一个，学一个，一位老师说过："文章是别人的好"，三人行都是我师。我是"人一能之，己十之"，困而学之，勉强而行之。我相信天才，有人闻一知一，有人闻一知十，中间差九个档次。我们一起闻一，我知一，你知十，中间多出来的那一部分你是哪儿来的呢？那就是天才。我花一年工夫，由知一登上知二，再花一年工夫，由知二登上知三，十年之后我也知十了。这就是努力。换个比喻：百尺竿头，你我都得努力，再进一步，再进一步，你爬得快，我爬得慢。百尺竿不止百尺，你到了竿头，这根竿自动延长，那时候上头还有十一、十二、十五。大天才的贡献就是使这根竹竿越来越长，让后人爬得更高。你我都不知道自己能爬多高，只是努力再进一步，再进一步。

说到天才，我有体会，文学好比一座金矿，天才是矿苗，努力是开采。明朝末年的张岱，家境富裕，生活奢侈，有文学天才，没有什么好作品，因为他用不着努力。明朝灭亡以后，他一穷二白，亲自修屋种菜，这时候他得努力了，他的文学天才充分发挥，晚明小品传承至此。还有大诗人江淹，早年作品很好，晚年做了一个梦，梦见神仙对他说，我的那支彩笔，你借去用了那么久，现在该还给我了。江淹伸手向怀中一摸，果然有一支笔，就掏出来还给他，从此江淹的诗就越写越不行了。据李辰冬教授解释，江淹本是清寒子弟，需要努力，诗才写得好。后来从政，官越做越大，不肯再为文学费那么大的心思了，诗好诗坏他也不在乎了，他就编出“彩笔”这么一个故事来做个交代。

我见过号兵练号。军队里都有号兵，号兵吹号也有三分九等，每个号兵都要在天亮以前到野外练习吹号，提高自己的水平。冬天，夜里下过一场大雪，号兵更不能偷懒逃课，因为在冰天雪地中可以练出一种“寒音”，内行听得出来。

我见过有人学提琴，老师打开乐谱，规定他从什么地方拉到什么地方，回家照谱练习，一个星期以后再来。下个星期，学生带着提琴到师门排队，一个一个拉给老师听，老师一听，你根本没有认真努力嘛，废话不说，一句“Next！”你回家再练，下星期再来。如果下星期还不能过关，老师就告诉这个学生你另投名师吧，我这里对你不适合。

我见过澳洲的一个芭蕾舞团在台北演出，场场满座。台北有一个大官，一人之下万人之上，要为全体团员举行筵会，芭蕾舞团的负责人说不行，没有时间，那就改成喝茶吧，芭蕾舞团的负责人仍然说不行，没有时间，他们每天晚上要公演，第二天上午要休息，下午要排演。他们每个团员都是成名的艺术家，每一个节目都曾环游世界一再演出，怎么现在还要在每次演出之前认真排练一次！他们硬是有这个规矩，到哪儿也不改变。

今天，如果有人说他要做作家，我不会问他有没有天才，我会问他是不是深深爱上了中国的文字。写作，可能为名，可能为利，也可能为了出口气，都有，都不长久，即使勉强维持下去，也不快乐。只有出于对中国文字的爱，中国文字是那么可爱，字形可爱，字音可爱，字义可爱。写作是文字的排列组合，中国字号称方块字，使用起来灵活方便，字靠着字、字连着字、字叠着字，爱得你要死。每个字是一个精灵，一道符咒，排列组合的变化无穷无尽，使你上瘾，使你成癖，使你贪得无厌，你把心一横：我就这样了此一生吧！如此这般，做成一个贯彻始终的作家。

前贤说每个方块字像一块砖，可以筑成宫殿，作家像一个建筑师。我说每一个方块字像一幅图画，可以连成大地山河，作家像一个画家或者电影导演。方块字除了一字一形，还有一字一音，这一个字像一个音符，作家写作的时候像一个音乐家，他排列声音。中国字有四声，有轻声变调儿化韵，声音有轻重长短高低强弱，变化也是不可胜计。作家使字音彰显字义，字义强化字音，两者相得益彰，运用之妙存乎一心，内心自有一种秘密的甘甜。“甘”是美感，“甜”是快感，所谓得失寸心知，就是暗自回味这种甘甜，甜到心里，甜到梦里，你乐不思蜀，乐此不疲，这才做成了一个作家。

我常常劝写文章的朋友，文章不能逢年过节写一篇，不能儿娶女嫁写一篇，不能等到日食月食写一篇。写作不是你长周末去钓了一条鱼，不是百货公司大减价去买了个皮包，写作是你兼了个差，天天要签到值班，写作是你养了个宠物，随时想抱一抱，摸一下，看一眼，为了它早回家，晚睡觉。写作是一种痒，手痒心痒，写作是一种瘾，就像烟瘾酒瘾。写作是朝思暮想，千回百转，才下眉头，又上心头。

三、文境无上誓愿登

前辈作家说，文学作品表现人生，这话比较笼统。后来有人补充，文学作品是表现人生批判人生，说得比较清楚。现在，依我自己的体会，文学作品表现人生的境界，这是作家要做的事情。

什么是境界呢？王国维先生的说法被文学评论家引用的次数最多，冯友兰先生的说法被哲学论文引用的次数最多。文学作品表现境界的方法跟他们不同，例如蒋捷，他有一首词写听雨："少年听雨歌楼上，红烛昏罗帐。"家庭社会把少年人保护得很好，不受雨打风吹，外面下雨他在楼上听歌，中间用帷幔隔开，他听见的雨声是歌女唱出来的歌词，他听见的风声是乐器奏出来的旋律。"壮年听雨客舟中，江阔云低、断雁叫西风。"他江湖奔走，完全暴露在社会的各种冲击之下了，孤身一人，没有遮蔽没有掩护了，前路茫茫，一时看不见归宿。"而今听雨僧庐下，鬓已星星也。悲欢离合总无情，一任阶前，点滴到天明。"各种的仗都打过了，白发也出现了，在无情的庙门里面避雨，看看雨点落下来，任凭世事自然发展。这三个阶段，最初是不懂事，（所以不管事），后来不怕事，（事情就很多），最后不管事，（因为懂事了）。第一阶段和第三阶段看似相同，其实相反，第二阶段是演变的过程。这么复杂的人生经验，用这么简单的一件事情表现出来，这就是文学作家的独门绝活。

人的精神修养是向上发展的，境界就是他发展到什么程度了，有高有低。文学作家对程度高低并不直接批判，他演示给世人看，这种方法称为表现。莫里哀的《守财奴》，演示一个人爱钱爱到什么样子，没有直接褒贬，我们看了，觉得这个爱钱的人真可笑，这一笑就是批判。

有一个典故“楚弓楚得”：据说楚王打猎，遗失了他心爱的弓，他的部下要去找回来，楚王说，楚国丢了弓，楚国人捡了去，何必寻找？据说孔子听到这个故事，对他的学生说，一个“人”遗失了弓，另一个“人”得到了，很好，何必一定都是楚国人呢！这个小故事演示了三种境界，楚王的部下境界最低，楚王的境界比他们高，孔子的境界又比楚王高。

还有一个典故“清恐人知”：晋武帝朝中有姓胡的，父子两代都是出名的清官。有一天，皇上忽然问这位胡二代：你们爷儿两个都是清官，你跟你父亲有什么分别？这位胡少爷说，我父亲是清官，惟恐人家知道他是清官。我是清官，惟恐人家不知道我是清官。后世论境界，以“清恐人知”比较高，“清惟恐人不知”比较低，胡公子巧妙地捧了他家老太爷，不着痕迹。

古人说，读书也有三个境界，少年读书，如隙中窥月；中年读书，如庭中望月；老年读书，如台上玩月。他用了三个比喻，没有仔细解释，我们来各人说说自己的体会。小时候读《论语》，“吾十有五而志于学，三十而立”，看得清楚，“四十而不惑，五十而知天命”，就模糊不清，六十七十，朗朗上口，心中漆黑一片。这就是隙中窥月，只看见一点亮光。以后随着经验阅历的增加，慢慢懂得不惑，知命，好比庭中望月，可以看见很大一片面积，这时视角仍是仰视平视，受角度限制，没找到那个“耳顺”在哪里，“从心所欲不逾矩”又是什么。直到高台玩月，以前仰视的现在可以平视，以前平视的现在可以俯视，登高可以望远，视域也扩大了，能看见的东西更多了，这才找到孔老夫子指指点点的那些东西。

我对境界的领悟，不是由学院经典得来，我是从零碎的阅读、零碎的阅历受到启发。最早的一次，几十年前，我还年轻，为了工作参加考试，有一道智力测验，它说一群年轻人开舞会，有一个女孩子最惹人喜爱，大家以前都没见过她，都想知道她是从哪里来的。夜深了，这个女孩说要回家了，很多男孩子想送她，天色昏黑，外面刚刚下过毛毛细雨，她走到院子里，走在种花的地方，忽然不见了。有人说，她是花仙，她是这个院子里的一株花，今天夜里，我们把这株花挖起来，关在屋子里，等她现身。可是，院子里有很多花，到底哪一株花是她呢？要用什么方法才一定可以找到她呢？当时有两个答案，一个说，把院子里所有的花都挖起来，其中必然有她，另一个说，别的花在院子里，淋过雨，沾了雨水，她没有，检查每一株花，枝叶上没有雨水的便是。那时我就觉得，当时有个口号，“宁可错杀一百，不可错放一个”，前一个答案受这个口号的影响，境界比较低，后一个答案知道找证据，境界比较高。

最近的一次，我住的这个地方有许多外来的移民，每天艰苦奋斗，希望发家致富，有时候聚在一起，也谈谈发财以后过什么样的生活。有人说，到那一天，我贾三十栋房子，租给三十户人家，我什么也不必再做了，每天出门去收一户房租，回家数钞票开心。我想起杜甫当年住在自己盖的茅屋里，一阵大风把他的屋顶揭走了，他激昂慷慨写了一首诗，他希望能造一万户公寓让没有房子的人家搬进去住，没提房租，显然是免费。这时候，我又想到境界高低。

前辈作家说过，文学作品来自生活而又高于生活，这个“高”，应该指的就是境界。它有多高呢？它可以“悲天悯人”，对天下苍生表现普遍的同情，它入乎其内，出乎其外，超乎其上，一览众山，这样的作家我称之为人类的作家。境界是一种精神修养，文学写作是“诚于中，形于外”，作家的胸中先有境界，然后他的作品才有境界，所以作家也得“修行”。

大翻译家傅雷写信给他的儿子大钢琴家傅聪，勉励儿子“第一做人，第二做艺术家，第三是音乐家，最后才是钢琴家”，我想，他说的“人”，不是吃喝拉撒睡的那个人，而是仁义礼智信的这个人，不是动物学最后一个名词，而是伦理学的第一个名词。这个人不仅可以分成幼年时期、青年时期、中年时期、老年时期，还可以分成（如冯友兰先生所说）自然境界、功利境界、精神境界、天地境界。或者（如我所说的）兽的境界、人的境界、英雄境界、圣贤境界。或者（如什么人说的）学习期、事业期，政治期、宗教期。艺术家的人生境界升高，他的艺术成就也升高，你看那些登山的人，永远想去爬另一座更高的山，高一层有高一层的风光，那至高之处有声音呼唤他，有魅力吸引他。

至于我自己呢，我没有机会接受有系统的教育，我是碰见什么学什么，随遇而学，见识慢慢增加，野心越来越大。我的程序正好相反：先做作家（其实是写手，文字工匠），然后文学家，然后艺术家，然后做人，有意识地为了文学而提高精神修养。有一段时间我只是个江湖上跑码头卖艺的，幸而我好学，学然后知不足，后期作品总算有点长进。

四、文运无常誓愿兴

文运，文学发展的运势。运势，文学的写作，发表，出版，阅读，加上社会效应，造成形势。文运有盛有衰，不会死亡，这些年有人呼喊文学死了，那是夸张。

这件事得从头说起。人不能不思想，而人是用语言思想的。“思而后言”，不对，他思想的时候已经在使用语言了。“他讲话不经过大脑”，这话也是夸张。学者称这种无声的语言叫内在语言，既然有内在语言，人类就需要给它制作一套外在的有形的符号，以便保存记忆，汇集经验，沟通思想，传播讯息，这就是文字。

在这方面，人类特别依赖文字，文字的功能无可取代，古人对文字出现有神话，对音乐图画没有。有一个囚犯，单独关在一间房子里，有一天，他发觉隔壁也关了一个囚犯，两人中间只隔一道墙。再过几天，他发现他俩都会用莫尔斯电码，于是两人敲墙谈天。如果没有文字，依赖音乐沟通，大概就是这个样子。有一个家庭，移民到国外居住，把孩子送进当地的小学。老师问孩子：你的生日是哪一天？孩子听不懂，老师就用手势比自己的肚子，表示怀孕。孩子放学回家，用手势比自己的肚子，问他的妈妈。如果没有文字，依赖舞蹈雕塑沟通，大概就是这个样子。

既然有文字，就会发展出一套使用文字的技术，掌握了实用的技术，还不满足，追求文字制品脱离实用，可供欣赏，这就是文学。可以想象，书写，最早是伏羲氏拿起树枝在地上画了一条横线，这一横，后来发展出“蚕头凤尾”。最早，初民中有一个人，在田地上低头工作，他抬起头来，望见太阳下山了，西天一片灿烂，不禁发出一声“啊”。这一声，后世发展成“落霞与孤鹜齐飞”。人用语言思考，只要思想不死，语言就不死。只要语言不死，书面符号也不死，就要讲求语言符号怎样物尽其用，包括发展它的“无用之用”。起初不过是在绳子上打一个结，后来发展出一套精美的手工，“中国结”。起初拿着一根棍子，不过是沿门行乞需要护身，后来发展出一套“打狗棒法”。这是人类的天性特长。夫如是，文学怎么会死?

书写，写在什么地方呢?这就需要一个东西:“载体”，有载体，大量的书写才可以存起来，才可以送出去。书写的载体，古人用甲骨，刻在龟壳上，用金石，铸在铜器上，用竹简，用丝绸，用木片，后来发明了纸。现在能用电子媒体，有人忧虑，有一天人类也不再用纸了，呼喊“文学死了”，表示不甘心。其实电子媒体即使完全代替了纸媒，那也只是更换了载体，文学并没有死。

有人说“后浪推前浪，前浪死在沙滩上”。事实上某种艺术形式一经成立，永远不死。你看楚辞汉赋何尝死？白话文运动说它们是死文学，那是“革命文宣”。文学不死，只是体裁风格变化轮换，体裁好比衣服，不穿长袍马褂不等于不穿衣服。那几套衣服穿了几百年，烦不烦？作家有创新的能力，我们鼓励创新，即使是一无所成，也期待，即使是离经叛道，也让路，即使是傲慢自大，也包容。只要他肯实验，就是希望，只要他创新成功，就是正统。

文学的气运有盛有衰，但是不会消亡。文学有淡季有旺季，作家在旺季中不要傲慢怠惰，在淡季中不要自暴自弃。文运是一个整体，自己写不好不是结论，还有那么多“别人”，任何人成功，都是全体的成功。我相信中国还会出现伟大的作家，我们不计较是纸媒载他来，还是电子媒体载他来。我们也不计较他穿着长袍来，穿着夹克来，还是穿着自己设计的奇装异服来。两个伟大间必须有无数的平凡，这些平凡左右相连前后相继，好像是两座大山之间的伏脉，但愿你我都是这条长链上的一个环节。童女等候新娘，为她彻夜点灯，老祭司等候弥赛亚，为他延长余年，愿你我为文学相约相守，不厌不倦。

音频答问（广西师范大学出版社主办）

问：王老师您好，您在中国和美国都有生活过，无论是文化还是人们的思想观念都有非常大的不同，那请问您如何思考这两个国家不同文化之间的差异，这种差异对您的写作有什么帮助？

答：据我所知，文学作品表现共同的人性，它的手段是通过生活中特殊的事件。我住的这个地方各色人种都有，坐公交车坐地铁的时候，常常看见母亲抱着孩子，背着孩子，胸前吊着孩子，胁下夹着孩子，甚至头上顶着孩子，用小车推着孩子，不一样的人种，不一样的文化，带孩子用不一样的方法，这是特殊的事件，作家要写。但是不管什么样的母亲，带孩子用什么样的方法，都是出于母爱，这是共同的人性，作家要表现出来。

既然作品的来源是生活中特殊的事件，就有人为了写作改变他的生活，寻找特殊的事件。有人搬家，有人改行，有人信教，有人离婚。新的生活环境给他许多新的刺激，文学作品写的就是从刺激和反应的过程中显露的人性。

我住的这个地方，号称“世界人种博览会”，十室之邑，必有肤色不同，服饰不同，语言不同，饮食习惯不同。起初，我只注意到他们和我不同。相处久了，真的像孟夫子说的，恻隐之心人皆有之，羞恶之心人皆有之，恭敬之心人皆有之，是非之心人皆有之，渐渐发觉彼此相同。能够经过这样一条来回，我觉得不虚此行。

问：王老师，您好！我是一名高中生，可能我不能第一时间听到您的回答，您做讲座时我还在学校没有手机用，但回家我会认认真真听完的。第一次认识您，被您的文风吸引，当今社会需要的就是大量美文的滋养。但同时生活中传统的色彩淡了许多，中国在发展中也在不断接轨国际，做世界公民的想法越来越多。您作为旅居国外的华人很有发言权，您能给我们讲讲在做好世界公民的同时如何更好地传承和传播中华文化呢？谢谢您！

答：你怎么会想到世界公民？我小时候，这个名词流行过一阵子，还听说什么地方给世界公民发护照，还听说许多国家不承认这个护照，把世界公民当作没有国籍的人。国籍是个法律规定的资格，法律上的世界公民应该是不能存在的。我从未想过做世界公民，我希望一个小人物只有一个国籍，我的痛苦就是一身前后属于三个国家。

如果世界公民是一项荣誉呢？联合国有个世界公民奖。这个奖应该是为大人物而设的了，你有这么大的志向，我很佩服，至于怎么做，你说“在做好世界公民的同时，传承中华文化”，是什么意思？莫非你觉得中华文化和世界公民有矛盾吗？我想每一国家的固有文化都含有民族主义的色彩，你如果想超出这个局限，就得对固有文化重新作出诠释。作家可以用文学作品进行这种诠释的工作，我思考过，没有做出成绩来。

问：王老师人生经历丰富，著作丰厚，将国家的大历史与个人的命运放置在了文学的空间里，将历史的关注点聚焦在普通的社会大众上，感人至深，请问王老师的众多作品中您自己最满意最喜欢哪部作品？为什么？遥祝王老师晚年生活幸福安康！

答：这个问题我回答过多少次了，现在也没有新的答案。一个作家，当他的作品刚刚完成的时候，他都是很满意，很喜欢，但是没多久他就不满意了，他认为他应该写得更好，怎么办呢？写下一部。你问的这个问题，正确的答案应该是“我最喜欢的作品，还没有写出来”。

有人认为这是外交辞令。有一个朋友，他是做陶塑的，他说你这个答案对极了，我们做陶塑就是这个样子，做出来，不满意，再做下一个。有一个朋友，他是学提琴的，他也说你这个答案对极了，我们学琴就是这个样子，一个曲子拉完了，不满意，再拉一次。

你问为什么，我想这里面有学问，我只能用自己的体验回答。我们古代的画家留下一句成语，胸有成竹，他在提起笔来要画一棵竹子之前，心里先有那么一棵竹子，他心里的那棵竹子尽善尽美，他想移到纸上来。可是他画完了一看，纸上的竹子比心里的竹子差一些。那就再画，用这一幅来补救上一幅不足的地方，结果呢，新画的这一幅又有自己的不足。有学问的人一言以蔽之：事实永远不能像理念那样完美，扶得东来西又倒。

这就引出另一个问题来：你的书那样多，我们势不能都看，你不介绍一本，我们只有都不看。好吧，那就看选本，看我的自选集，里面的文章都是我自己选的，得失寸心知。先看广西师范大学出版社的《春秋花果》，看了满意，根据里面的线索再看别的。

问：从大陆到台湾，从台湾再移居到美国，身居海外您对乡愁的理解是什么？您认为写好散文的标准是什么？哪位作家影响您走上文学之路？为什么？

答：您这一个问题里面包含三个问题：第一，乡愁是什么，对于我，乡愁是个题材，作品的材料，不是成品，它是一个符号，不是本体。第二，沈从文先生的作品吸引我走上文学这条路，以后还有许多因缘。这些我都有过交代，希望以后您能看到，今天在这里不能详细回答。第三，好散文的标准是什么，我认为这个“好”不会只有一个标准，文学作品有各种“好”，我不能给你一个完整的答案，劝你广泛涉猎，去发现分门别类的“好”，你可以爱其中一个，也可以轮流去爱三个五个。

我这样回答，你也许不满意，很多人喜欢条条框框。我的朋友张春荣教授为好散文立下四个条件，我就再介绍一次吧。这四个条件是：言之有物，言之有序，言之有趣，言之有味。言之有物，你这篇散文要有内容，言之有序，你要有结构，先说什么后说什么要有考虑效果，朝三暮四和暮四朝三不一样，屡战屡败和屡败屡战不一样。言之有趣，言之有味，他把趣味分开了，这是他的创见，以我的体会，“趣”是当时，“味”是事后，听人说笑话，全场哈哈大笑，笑完了也就忘记了，这是有趣。听人说笑话，事后常常想起来，忍不住要微笑，要暗笑，这是有味。言之无趣，行之不广，言之无味，行之不久。

问：王老师，您好！我想提一个问题，您在新书中写了《中国人，您为什么不生气？》，我想问的问题是，生气和愤怒的情绪对于当下的我们还有用吗？

答：中国人，您为什么不生气？这个问题不是我提出来的，我只是参加了讨论，也没有畅所欲言。我认为“生气”就是恨，恨能产生很大的力量，中国人曾经恨过，他们的恨也曾惊天动地，后来中国人好像后悔了，所以不生气了。没有恨，力量从哪儿来？爱和恨都能产生力量，恨的力量大，爱的力量久。那就爱吧，爱又有些不甘心，既不能恨，又不能爱，出现了冷冷淡淡的一代。这些都是过去的事了。

问：王老您好，首先祝您身体康健，喜乐平安。最近读书遇到一个问题，希望王老不吝指教。有人说现在我们国内的文学现状有些畸形，文学地位似乎超出平常生活太高，我个人也感觉有时候文学和真实的人间相距太大，有的人读书成瘾，而大多数人读书仅限于教科书。王老您在美国生活多年，能否介绍一下美国社会目前对于文学的接受情况，进而请您解答一下我们国内这样的问题产生的原因以及我们应该如何应对，谢谢您。

答：你说“文学地位似乎超出平常生活太高”，什么意思我不懂。你说“有时候文学和真实的人间相距太大”，我有一些懂，但是不知道我的领会是不是等于你的心意。这表示我对国内文学的发展很陌生，彼此没有共同语境，不能望文知义。我对美国文学所知更少，根本不能讨论“美国社会目前对于文学的接受情形”。

关于文字创作和现实社会的关系，每一个作家都再三考虑过。一位古典主义批评家影响过我，他说文学作品要“给人以知识，给人以教训，给人以娱乐”。人们可以为了赏心悦目去看画，为了陶情怡性去听音乐，当然也可以为了做个白日梦去读小说，倘若他们因为书中没有乐趣而不看我们的作品，我们有什么理由责备他？文学作品不是报纸社论，不能立竿见影，马上口诛笔伐，文学的批判功能往往要下一代作家发挥。我对中国文学没有你那么大的忧虑。

问：很荣幸在祖国向王老师问好，王老师是享誉世界的文学大师，您的文字充满了对祖国和故乡的赞美怀念，请问您对故乡最怀念什么？祝王老师身体健康幸福安康。

答：看到你提出来的问题，我想起那一片田野。那时候对日抗战，我参加过游击队，做娃娃兵。游击，“游”的时候多，“击”的时候少，城市是敌人的据点，乡村是敌人的目标，只有田野，我们觉得亲切可爱，那不知何时何人种下的树，不知何时何故挖出来的沟，那高起来的丘陵，洼下去的溪流。那时候田地里还有许多坟墓，别名土馒头，长满了野草，都是我们天然的阵地。我想念那些泥土，记得在电影《乱世佳人》里面，一切随风而去，郝思嘉弯腰从地上抓起一把土，她高高举起那把土，大声宣告：“只要有土！只要还有土！”

我也想起那琅琅的读书声。战争来了，我们没有学校可以读书，地方上纷纷成立私塾。私塾教学，老师按照学生的程度，教他们读不同的课本，学生坐在位子上齐声朗诵自己的课文。学生也不知道那子曰诗云是什么意思，念书如同催眠，好在老师听不出来每一个学生在念什么，学生就胆大妄为，以离经叛道取乐，抵抗睡魔。什么“人之初，盖小屋，盖不上，急得哭”。什么“赵钱孙李，周吴郑王。狗急跳墙，人急悬梁。孩子哭了，抱给他娘”。现在回想，当年的顽皮，还真的诱发我们写作的兴趣呢！俗话说“文从胡说起”，还真有道理呢！

问：王鼎钧先生您好，看您写过纽约是世界上最容易生活的地方，只需要学会点汉堡和坐地铁，就可以“自有您一片天地”。我请教您的是，您已经在纽约生活了那么多年，在美国的生活有您不习惯的地方吗？谢谢！

答：“纽约是世界上最容易生活的地方，只需要学会点汉堡和坐地铁，就可以自有您一片天地”。这句话是一个老华侨给一个新华侨打气。您想想看，一个人来到纽约，他只有地铁和汉堡可以依靠，他的条件很差，困难很多，这时候他不要把问题看得太复杂，太透彻，他得把问题看得很简单，简单才容易解决，他才有奋斗的勇气。打个比方，从楼下到楼上，这段距离很高，你把它分成十五个小距离，做成楼梯，上下就容易。这是人生的一点小智慧。

至于我自己，像我这样的人，虽然住在美国，过的仍然是中国生活。在纽约市，中国人很多，三百六十行都有，你可以看中文电视，听北京戏，吃广东菜，穿长袍，请中医治病。如果你想占卦，算命，看风水，嫁女儿想坐花轿，穿凤冠霞帔，都不难。中国的风俗习惯自成一个小圈圈儿，你非常方便，仿佛这里就是中国。

除了这些衣食住行以外，你还有别的需要，例如学校要开家长会，法院要做证人，国税局要查税，到警察局报案，到移民局改变签证，你这个中国人要打开大门走出去，一步跨出门外，茫然四顾，你就很不方便了，你马上发觉这里不是中国了。

纽约也是大圈圈里头一个小圈圈，中国来的老年人在小圈圈里活动，年轻人在大圈圈里活动。前面提到的那位老华侨传授奋斗的两个基本条件，他说地铁汉堡，他没说走路吃中国客饭，也就是主张冲出小圈子，进入大圈子。

教科书里的人情世故

王鼎钧

一、只要有土！只要还有土！

前辈诗人戴望舒有一首作品，开头说：“我用残损的手掌，摸索这广大的土地。”我很奇怪，他四肢健全，为什么说“残损的手掌”。读诗不能照字面的意思来了解，真正的意思在字面背后，文学家称为“意象”，“残损的手掌”只是“象”，那么它的“意”呢？我想各位语文老师在课堂上可以有不同的解释，我的体会是，那年代国难当头，一个文学教授恨自己不能只手擎天，手掌等于残损无用了，整天藏在袖子里，轻易不露出来，现在为了抚摸祖国的土地，不再顾忌。他以诗人的想象力，摸到长白山的雪，黄河的水，江南的稻田，还有（侵略者留下的）血和灰。他也摸到祖国还有温暖，犹如恋人的柔发，婴儿的母乳。

对祖国土地的爱恋原是人之常情，小说电影常有描述，天涯游子，倦鸟归巢，看见自己在祖国的土地上留下的脚印，心满意足。也有回归者进入海关以后，屈膝下跪，以额触地，前额沾上一层黄土。在西洋人制作的电影中，那人亲吻祖国的土地，以吻为礼是他们的风俗。音乐家肖邦是波兰人，死在法国，他随身带着一杯波兰的土，这杯土随着他的遗体一同下葬。畅销小说改编而成的电影《乱世佳人》，女主角郝思嘉旧业荡然，一切随风而逝，她站在田野里抓起一把土，举土过顶，口中呐喊：“只要有土！只要还有土！”然后镜头往后拉，旷野变大了，人变小了，声音反而更洪亮了：“只要有土！只要还有土！”

我总觉得手掌的神经丰富灵敏，残损的手掌仍然是手掌。新闻报道常常告诉我们，某一位年轻人不幸失去了双手，他用两只脚弹钢琴，到处演奏。某位年轻人失去双手，用脚勤习书法，真草隶篆都受人称赏。当我们面对挫折时，感激这些成功的榜样增强了我们的毅力，可是我总觉得人在写字弹琴的时候，手掌的敏感起了作用，没有手掌参加，音乐和书法的成就毕竟略逊一筹。人的前额固然尊贵，但是一层皮包着骨头，比较迟钝。人的嘴唇浪漫多姿，教它与墙壁接吻岂不用错了地方。双脚屈居下流，忍辱负重，哪里还有闲情逸致，跟你拈花微笑，不言而喻？所以戴先生说：用我残损的手掌。

说到土，我的手掌痒痒。忘不了黄河流域河南北部的黄土，一片金色绫缎，极目无边。土粒极小，没有风也可以浮起来，钻进你的每一个毛细孔。土层深厚，又松又软，走在上面豪华，坐下去尊贵，捧在手里想象女娲娘娘用黄河的水和泥造人，泥比土多了些重量，弹性，滑润，艳阳又给它添些温度，做哺乳动物比其他物种幸福。天广地旷的黄土，伟大庄严的黄土，埋葬祖先，养育子孙，锻炼英雄。

我拈过东北的黑土，全世界仅有四大块黑土区，中国的东北平原占了一个。这是最肥沃的土壤，“一两土二两油”，“插一根筷子下去也能发芽”。我没有踏上那黑土地，你得有那个福分，我的同事从那个地区来，脱下军靴，用大头针挖靴底的沟槽，把里面的黑土挖出来，放在雪白的公文纸上，大家传阅。我伸出拇指和食指捏起那么一丁点儿，像捏住一颗钻石，想起抗战时期流行最广的歌曲。黑土！人间的宝地！国家的祥瑞！农业的神话！

我还经过一片砂土地，已经忘记是哪一省，那是一次长途奔波，中午打尖，面里有砂，弄得我牙齿酸软，不敢咀嚼。店家解释，这一带农田砂土混合，他们一代一代都是这样吃，教我放心。卖面的席棚搭在大路旁边，后面就是农田，我走进去察看，土壤的颜色比较淡，还不能算是白，伸手抓起一把，土粒和土粒之间的距离比较大，里面空气比较多。论皮肤的感觉，手在黄土里亲密，像居家，手在砂土里比较疏离，像做客。

后来知道，土壤含砂量在百分之五十以下照样可以耕种，这种土壤松软，耕作省力，通气，微生物活跃，植物容易生根，容易吸收水分，它的短处也是它的长处。后来知道岩石风化成砂，土者石之精也，砂本来也是土。土何年成为石，石何年成为砂，砂何时还原为土，这一方人士不操这个心，只要庄稼能长出来，大家鸡鸣而起，没有远虑近忧。一方人流汗开垦的土，流血保卫的土，安身立命的土，那天供给我一顿很便宜的午餐。现在，我知道他们的土里仍然有砂，我希望他们的面里没有砂了。

现在知道，人对土地的爱要扩大，扩大到爱整个地球，地球是人间最大的一块土。不知不觉，在我们讴歌科学的时候，问题来了，在我们醉心进步的时候，问题来了，这个问题的名字叫“土地污染”，我们一代一代人把土地弄脏了，再脏下去，水不能喝，粮食不能吃，留得青山在，仍然没柴烧，人都不能活了。“只要有土！只要还有土！”但必须是功能正常的土。怎么办呢？办法有，一言难尽，以后的日子里，有心人随时会在你耳边叮咛。

这些年，我住的地方离土很远，土，都被严丝合缝的水泥盖住了，被精心修剪的草坪占据了，被各式各样的栏杆围起来了，许多孩子从幼稚园到高中，指尖没碰过土。教育家说这样不好，家长和教师要想办法使孩子们亲近土，喜欢土，心中有皇天后土。于是在我的日记本里有这样一幕：

出门散步，经过一所小学，见一位女教师率领十几个小学生在学校门外一小块空地上翻土拔草，中年教师像母亲一样教孩子如何使用工具，掘地破块，挑出草叶碎石，如何把手掌埋入土中，享受某种感觉，再轻轻抚平土壤。

依照这里的规则，师生工作时都戴着手套，但是双手亲近土壤的时候都把手套脱掉了，教师也和学生一同检查土壤中有没有可能刺伤皮肤的东西。“抚平土壤”是这一场小小戏剧的高潮，这时身材高大的女教师跪了下来。

我相信这是一种教育，这里是人口密集的地区，孩子们也许只能在大楼兴工挖掘地下室的时候看见泥土，那是不准走近的，他也能在阳台的花盆里看见泥土，那是经过化学处理的营养土，不堪碰触，所谓大地，在他们不过是水泥、柏油、方砖、石板和草皮罢了。教师带他们认识一下“人类的母亲”，或者对他们产生不可思议的影响。

走过一段距离，回头远望，校外路边这块小小的空地中间竖着高高的旗杆，孩子们的头顶上美国国旗正在晴空中飘扬。

二、学习与你的兄弟相处

翦伯赞先生是历史学家，他到内蒙古旅行考察，写下一篇《内蒙访古》，居高临下，看万里江山千秋沧桑如指点沙盘。他写这篇文章少用史笔，多用诗笔，选进了语文课本。他引用恩格斯的话：历史是诗，“我们在内蒙地区看到了这个最伟大的诗人的杰作，出现在这个杰作中的不是莺莺燕燕，而是群鹰搏击，万马奔腾。”他写的这篇《内蒙访古》气势奔放，很接近他所说的“史诗”。

《内蒙访古》篇幅虽然很长，翦先生还是没能顾及内蒙古民众的生活，只在提到昭君出塞的时候强调民族间和平共处，文化交流。他“大处着眼”，留下一点空间，使我想起以前读过的那些游记，那些作者由蒙古归来，由新疆西藏归来，又太注意当地人的衣食住行，婚丧嫁娶。他们夸张奇风异俗，心存贬义，对“和平共处、文化交流”并没有帮助。前后比较，有话可说。

内蒙古有手扒羊肉，新疆有手抓饭，不用餐具，直接饭来伸手。有人认为落后，不卫生，其实只要把手洗干净。筷子干净？现在摄影机的镜头可以把竹筷的纤维放大，你看里头有多少细菌！现在有手机，有视频，你我都看见免洗筷子的制造过程，恐怖啊！又何止是不卫生。我们包饺子，蒸馒头，上头有多少人的指纹。还有，你怎么吃螃蟹？美国人吃汉堡，吃三明治，也都是手到擒来。为了文明，英国人用刀叉在盘子里“玩弄”鸡腿，美国人干脆“手抓”，号称罗马皇帝的吃法，怎么也文明了？

有人看到蒙古包，说蒙古人不会盖房子，其实蒙古包就是房子。蒙古人把房子建成圆形，那是智慧，圆形可以有效利用室内的空间，一寸也不浪费，方形的房屋有四个墙角，连扫地的时候都不碰一下。蒙古包既能保暖，又能防水防风，塞外的冬天那样冷，那样长，蒙古包稳如泰山，保护一代一代平安度过，绵绵不绝。春天秋天要搬家了，拆开放在马背上运送，轻而易举。这是多么了不起的设计！至于外形嘛，你别瞧不起那个圆筒，里面也藏着现代建筑的灵感，鸟巢，蜂窝，水立方，裤衩，汉朝人的隶书，成就了多少建筑名家，有一天，内蒙古和蒙古国，南京和上海，都会有蒙古包变形的摩天大厦。

西方人也曾瞧不起我们的筷子。现代有学问的人纠正了他们，用手抓，用筷子，用刀叉，三者只是不同，并不代表优劣上下进步落后。讲故事的人说，公墓里，国籍不同的人都来扫墓，东方人摆上酒菜，西方人摆上鲜花。西方人问中国人：你的祖先什么时候来吃你的菜？中国人回答：你的祖先来嗅你的花香的时候。酒菜鲜花都是祭如在，不分轩轾，不需要有这样的唇枪舌剑。蒙古族的诗人席慕蓉女士说："生命是一次悠久的学习过程，生活就是我们的教科书，我们在每一个阶段都要得到一个答案，如果我们会遇到两种、三种甚至是很多种不同的文化，那么请记住，这些都是加法、乘法，绝不是减法、除法。"

回族不吃猪肉，据说连"猪"这个名词也避讳了，改称"黑牲口"。有些吃猪肉的人大惊小怪，指指点点，"他们真可怜，不知道东坡肉是美味”。应该想到感谢他们，因为不吃猪肉，所以对牛羊肉的烹调有独到之处，增加了食肉族的口福。怎不想想，有些地方的人不吃牛肉，有些地方的人不吃狗肉，有些地方的人不吃猫肉。还有一些人完全不吃任何动物的肉！这是生活习惯不同，提高层次换个说法，这是文化不同，咱们待人接物，要学习尊重不同的文化。中国有 56 个民族哪！全世界有两千多个民族哪！各有文化特色，你我要尊重不同的文化，彼此才可以和睦相处，这一个过程需要学习，因此现在有个口号：“学习如何与你的兄弟相处。”

多少年来读人家的游记，听人家谈旅行经历，少数民族门前的匆匆过客，总有一些人为看异类而来，眼前的奇风异俗，以后茶余酒后的笑谈。有人开车在草原上驰骋，冲进羊群牛群，欣赏它们四散奔逃，犯了人家的大忌。蒙古人见了面先问牛羊安否，牛羊在他们眼里有特殊的地位，侵犯牛羊就是侵犯了主人。我们不养牛羊，我们养狗，应该知道“打狗看主人”，也就是看主人的面子不打他的狗。有人进了寺庙，随手敲打法器，又犯了人家的大忌，且不说你进了他的庙，就得尊重他们的神，就算你进了他家的储藏室，也不能随意玩弄他收藏的古董，你去拜访一位音乐家，也不能随便吹他的喇叭。新疆维吾尔族出美女，这本是一大亮点，怎么到了某些人嘴里，也跟红颜祸水、桃花轻薄、冶容诲淫混在一起，言谈之间，满脸肉欲。恕我直言，这等人不通世态人情，伤害兄弟感情，扩大历史裂痕，简直成了民族罪人。

我也喜欢看人，看形形色色不同的人，在“行万里路、读万卷书”后面加上一句“看万种人”。人就是风景，这句话也是我先说出来的。内蒙古和蒙古国，那些小伙子骑马打猎，身手矫健，活泼不失厚重，因为这一方水土没有轻薄儇佻。到了老年，精华全在脸上，李山画过一张新疆喀什老人的画，极耐解读。蒙古老人饱经风雪，一身铁打铜铸，脸上的皱纹特别遒劲深刻，蒙古诗人萨仁托娅形容，脸上有一把刀，这张脸也是一幅画，木刻。每一个人的脸都是一件艺术品，即使那是非洲人的脸，即使那是印第安人的脸，何况这是蒙古人的脸。你我几时修到这个火候？

内蒙古诗人阿尔泰有首长诗，写他的父亲一生牧牛，“父亲跟了牛后四十多年，牛后领了父亲四十多年”，仿佛是一种事业。年轻的时候，这位牧牛人“骑着山峦驰骋，把云朵扯下来”“把太阳擦拭好，拥在马背上，嫉妒的野风追你不上”。牧牛人一生的贡献，只有“与你一同起床的启明星，与你结伴而行的太阳”，只有“掌纹似的小路”“那纷乱的雨滴”记录下来。诗人说了又说：“我不及一棵草，何谓牧牛人，草最清楚。”很抱歉，你我又何尝清楚！你我更不清楚！

三、命运在你的口中

《唐弢琐忆》，唐先生写他和鲁迅大师的交往。既然只是写鲁迅一个人，又为什么说是琐碎的记忆呢？他虽然专门写一个人，关于这个人的事情倒是很多，没有军国大事，都是生活细节。再想一想，当年唐先生一个后辈有机会和大师发生这么多的关系，这件事说小也不小，唐先生以“琐忆”向心情对之，云淡风轻，没有炫耀的意思。好，那就唐弢琐忆。

唐弢是怎样写鲁迅的呢？他在文章开头先引鲁迅的两句诗：“横眉冷对千夫指，俯首甘为孺子牛”，他说前一句代表鲁迅的刚烈，后一句代表鲁迅的温和。“唐弢琐忆”对后一句诗的发挥比较多，他，一个后辈，以亲身感受，写出鲁迅对年轻人的关怀体谅。也许因为这个缘故，他这篇文章选进高中的语文课本，让年轻人知道自爱自重。

我呢，我在这个题目下面另外找一些话来说，我觉得今天跟年轻朋友一同读这篇文章，不妨趁此机会提醒一句，学习说别人的好话。为什么说“学习”？因为说人家的坏话容易，说人家的好话难，学语言总是先学会粗话脏话，后学会“雅言”。不妨做个测验，多少人先会说“他妈的”，还是先学会“谢谢你”？多少人先学会“冤家路窄”，还是先学会“有你真好”？多少人先学会嘲弄盲人的笑话，后学会同情盲人的故事？多少人先跟外国人叫洋鬼子，后跟他叫洋先生？

鲁迅骂过很多人，很多人也骂他，生前骂不过他，骂到他死后，在国内骂不过他，骂到外国。鲁迅骂胡适毫不客气，后来骂鲁迅的人集中去了台湾，可是胡先生在台北做大官，没骂过鲁迅。有一年纪念五四运动，文艺团体请胡先生演讲，他说自己当年对新文学“提倡有心，创作无力”，还得靠那些写诗写小说演话剧的人，他特别提到鲁迅的名字。梁实秋先生也是一个挨骂的人，他在台北也有很大的发言权，提到鲁迅，他只说鲁迅写了那么多杂文，把时间精力浪费了，不如多写几篇小说。

梁先生还留下一段美谈。1940 年，中国还在对日抗战，迁到重庆的国立编译馆主办一场文艺晚会，为劳军活动募款。梁实秋和老舍在晚会中说相声，传为佳话。梁先生晚年在台北写了一篇文章《老舍和我说相声》，请注意，是“老舍和我说相声”，不是“我和老舍说相声”，文章里面仔细交代，老舍对相声很有研究，又是地道的北京人，他是这个节目的灵魂，稿子是老舍写的，动作是老舍教的，抑扬顿挫是跟老舍学的，现场的彩声，场外的称赞，都应该归功老舍。

为什么要处处说好话呢？又哪儿来的那么多好话呢？我居住的地方有一个社团提倡“存好心，说好话，做好事”，我去捧场致辞，我说存好心自然有好话，说好话自然会做好事。你看《唐弢琐忆》，有人批评年轻人浮浅，鲁迅先生怎么说：“一条小溪，明澈见底，即使浅吧，但是却浅得澄清，倘是烂泥塘，谁知道它到底是深是浅呢？也许还是浅点好。”他对年轻人存好心。钱锺书先生读寓言，论青蛙，给我们一个新发现，青蛙固然没有牛肥大，可是牛也不及牛蛙娇小。他对青蛙存好心。

倘若没有这份好心呢，说出来的话就不同了，年轻人浮浅，老年人油滑，青蛙弱小，牛蹄底下一块肉，牛也愚蠢，人类盘子里的一块肉。你捐钱做公益，他说你想逃税。公益团体都办了“非营利事业登记”，凭它的收据，年终报税可以从收入中把捐款扣除，这样就可以少交一点税。这叫“节税”，合法，他故意说成逃税，逃税是犯罪，难听。你廉洁，他说因为你没有儿女。你戒酒，他说一块儿喝酒是有福同享，得了高血压是有难同当，戒酒的人既不共安乐，也不共患难。你戒烟，他说戒烟成功的人不可以做朋友，心太狠了。这样说话的人另有一副心肠，于是也另有一番语言，自然也产生另一种效果，如此这般，你也不捐钱了，他也不戒烟了，我也不戒酒了。

常言道街谈巷议，飞短流长，实际上飞短多，流长少，咱们中文讲究对仗，“长”字只是个陪衬。张家长，李家短，也是只说李家，没说张家。为什么人多半喜欢说别人的坏话、听别人的坏话？大家都坏，我也不必做好人，如释重负？大家都做不到，我也不必做，问心无愧？有人诉苦，他说张三的好话，张三的敌人固然拿他当敌人，张三的朋友也不拿他当朋友，他们听了也不舒服，谁也不希望自己被朋友胜过，如此这般，说好话不得人缘？

《论语》记载柳下惠的故事，他宦途坎坷，三次被国君免职。那时候中国分成许多国家，由这个国家到另一个国家不需要护照签证，有人劝他换换环境，他说，我这个人很“直”，如果不改变，无论到哪个国家去做官都不顺利，如果能改变，何必离开自己的国家？不知道从什么时候开始，说坏话才是直，说好话不是直，我认为说好话也是“直”，也是一士谔谔，需要勇气。

由柳下惠是否出国想起乌鸦是否搬家。在寓言童话的世界里，乌鸦是个重要的角色，戏码很多，它住在树林里，自己知道不受其他鸟类欢迎，很想搬家，喜鹊对它说，你的五音不全，又喜欢大声唱歌，四邻不能安宁，搬到哪里都一样。如果你能调理好你的声带，或者晚上回到巢中保持静默，根本用不着搬家，喜鹊这一段话和柳下惠的那一段话一样。乌鸦也曾努力挣扎，争取认同，它冒充孔雀，冒充鸽子，冒充天鹅，都失败了，它仍然是乌鸦，讨厌的乌鸦。

乌鸦的这些故事分散各处，个别存在，如果编个先后顺序，哪个在前？哪个在后？它可以先想搬家，听了喜鹊的劝告，留下来奋斗。它也可以冒充孔雀，冒充鸽子，冒充天鹅，失败之后，才想搬家，这时听到喜鹊的忠告。乌鸦的故事由短篇变成长篇，最后怎样结尾呢？“命运在你口中”，这是它生理的极限，寓言的作者无论多么大胆，都不能想象乌鸦变成夜莺。好在寓言不一定需要结尾。

四、她学作诗，你学做人

“香菱学诗”是《红楼梦》里面的一段情节，语文课本选进来做教材，读这一课，不但可以学作诗，还可以学做人。

“红楼”是个什么样的地方？它是清朝贵族居住的豪宅，主人姓贾，家族亲族人口很多。里面有个大观园，姑娘们都住在里面，加上为她们服务的丫鬟和老妈子，自成世界。香菱又是一个什么样的人物？她是薛蟠的“妾”，俗话称为小老婆，姨太太。那时代，女人在男人面前地位很低，“妾”又在女人之中地位很低，薛蟠又是一个非常粗俗的男人，薛蟠的妻子又是一个小心眼儿的女人，香菱的日子不好过。薛家是贾府的亲戚，也住在贾府里。

香菱羡慕大观园里的那一群女子，很想与她们交往，自己也有一点社交活动。大观园里的那些金钗相处久了，不知不觉划出一条疆界，和外人有个区分，用今天的白话来说，这叫圈子。香菱想“打进”这个圈子，她得找个突破口。巴尔扎克在他的小说里面毫不客气地宣告：要么，像炮弹一样打进去，要么，像瘟疫一样钻进去。前一句是高姿态进入，后一句是低姿态进入。香菱采取低姿态。

香菱要求跟黛玉学诗，参加大观园的诗社。香菱的这一决定，应该经过仔细的分析盘算，也就是今天所说的沙盘推演。为什么学诗？香菱本是读书人家的掌珠，小时候被歹徒拐卖，这才向下沦落，她有底子。为什么要找林黛玉？黛玉是大观园的头牌人物，都说她心高气傲，难以相处，正因为如此，她好为人师。试看大观园里另一位头牌人物薛宝钗，人人说她大方，她对香菱的事一点兴趣也没有，收这么一个徒弟，对她有什么好处？用今天的语言来表达，既不能增加价值，也不能提高价格，不如省下这点时间精神，多在贾府当家的长辈身旁下点功夫。

香菱学诗，一开始就表现了她融入大观园的决心，黛玉说，写诗“不过是起承转合，当中承转是两副对子，平声对仄声，虚的对实的，实的对虚的，若是果有了奇句，连平仄虚实不对都使得的”。香菱立刻表示先得我心。香菱说她喜欢陆游，黛玉告诉她：“断不可学这样的诗，你们因不知诗，所以见了这浅近的就爱，一入了这个格局，再学不出来的。”她认为学诗要先学王维杜甫，香菱立刻唯命是从。恕我直言，黛玉这两段开场白大有商榷的余地，香菱如果真的提出商榷，结果可能不欢而散，香菱又所为何来？我有一个朋友拜一位书法家为师，上课的时候他总是跟老师辩论，总要表示尺有所短，寸有所长，老师有所不知。我问这位朋友，到底是他来教你，还是你来教他呢？你老远跑来上课，风雨无阻，还交了学费，为什么不跟他学，而是想改变他呢？他偌大年纪，久已成名，你又有何权力、有何义务来改变他？朋友说："也是！无奈事到临头忍不住。"忍不住？结果他在这个小圈子里成为异类。

由学诗引申到做人，黛玉教香菱从王维杜甫入手，还是有她的道理，大人物有光环，进入他的光环里面，别人容易看得见，也照习惯给你加分。你看公共场合，有些人总是往明星身边挤，往首长身边挤，往冠军身边挤，这叫"人往高处走"。诗学陆游，陆游是江西派诗人，江西派的诗脉据说以杜甫为远祖，倘若如此，与其学陆游，何不学杜甫？"学书初学卫夫人，但恨无过王右军"，那就学右军好了！我有一位同事到罗马去学声乐，他先到一位最著名的声乐家门下报名，上了几堂课，合拍了一张照片，就不再去，因为这种老师学费极高，又没有时间认真教学。他另外找了一位怀才不遇的声乐家为师，但是回国以后他拿出那张合影来，说自己是某某人的学生，坦途荡荡，朝野上下另眼相看。

香菱学诗，如果只是拿诗当作敲门砖，诗社集会的时候，如果她只是一个活动布景，临时演员，拿不出像样的作品来，黛玉也会讨厌她。香菱还真的爱上了诗，念兹在兹，别人笑她入了迷，着了魔，听人讲话，她说押错了韵，白天作诗作不出来，夜晚梦中凑足八句。看她不断写诗，一首比一首进步，成为大观园里够格的社员，她为自己创造了新的身份，有了属于自己的时间空间。香菱凭这种精神进了教科书，三百六十行，三千六百行，不来则已，来了就要当行出色，今天年轻人不需要学七言八句，需要“百分之十的天分，百分之九十的努力”。

做人难，做人也容易，一个年轻人，即使天分不如人，相貌不如人，家庭背景不如人，只要他肯努力，他是受尊重的，这就叫作后生可畏。如果他不肯努力，只要他年轻，他是被包容的，也因为后生可畏。不要认为人们会忘记哪一个，人们会一直注视每一个，随着年龄增长，这两种可畏的后生在人们眼中渐渐分出轻重厚薄，尊重进一步改为拥抱，包容退一步改为戒备。天分，相貌，家庭背景，不足之处都可以弥补，懒惰无可救药。如今网络上不断流传精彩的顺口溜，劝人只要健康快乐，不要把自己的成就放在心上，也不要把别人的成就放在眼里。恕我直言，这些小品都是写给老年人看的，都是安慰老年人的。年轻人和老年人需要两种生活，两种哲学，倘若颠倒了就是悲剧。

五、飞禽走兽不离人情

钱锺书教授是大学问家，他借《伊索寓言》谈世事人情，非常有趣。伊索是古希腊人，“古希腊”是个笼统的名词，怎么说也是纪元以前，那时，希腊民间创造了许多小故事，托名伊索编集起来。我们为什么喜欢这本书呢，钱先生说，因为古人的想法幼稚，像小孩子，后人见广识多，像老人，我们喜欢《伊索寓言》，就像老人喜欢小孩子。

这是钱先生的创见，我来作些批注。小学生举行书法比赛，无论谁得了第一，老人家都觉得很好，因为他不会去参加。老人中心举行书法比赛，无论谁得了第一，他都很委屈，因为他参加了，也落选了。看后文，钱先生继续说，“一个近三十的女人，对于十八九岁女孩子的相貌，还肯说好，对于二十三四岁的少女们，就批判得不留情面了。”你也可以说，同一条街上，张三开了一家餐馆，李四开了一家书店，井水不犯河水，如果张三卖的是川菜，李四卖的是粤菜，彼此就有时摩擦生电，有些温度了。

你四十岁，他二十岁，中国人说在两张桌子上打牌，西洋人说在两条公路上开车，彼此没有竞争。你开餐厅，我也开餐厅，中国人说是同行，西洋人说是在一条跑道上。彼此有竞争，有竞争就有嫉妒，成语“瑜亮情结”，说的就是周瑜和诸葛亮之间由竞争产生嫉妒的故事。嫉妒的后果有时吓死人，庞涓孙膑两人是同门师兄弟，庞涓嫉妒孙膑，剔除了他的膝盖骨，把他弄成一个残废的人，孙膑复仇，设计将庞涓乱箭射死。

人生不能没有竞争，参加竞争不能保证必赢，年轻人摔个跟斗再站起来，怕什么，以后还有很多时间。人说胜负乃兵家常事，我说胜负乃兵家大事，乃成长常事，商场如战场，情场如战场，也只是“如”而已，这个字要放大来看。不要把你的职场和战场混为一谈，比较容易在竞争中没有嫉妒仇恨。据说前贤针对这个目标设计了世界运动会，中国俗话说“兄弟登山各自努力”，也可以鼓励竞争缓解嫉妒。下围棋的人认为“成固欣然，败亦可喜”，最早说这句话的人是苏东坡，流传下来，给围棋的棋手增加不少君子风度。

钱先生特别从《伊索寓言》中挑出几个故事来谈论。蝙蝠是哺乳类动物，形体似鼠，翅膀很大，中国农民传说它是老鼠变成的。“蝙蝠碰见鸟就充作鸟，碰见兽就充作兽”，教人对蝙蝠有些瞧不起。寓言的可爱，就在读者大众对同一个故事可以有不同的领会，后人批评《伊索寓言》，说它不该每一个故事都设下标准答案，把活泼泼的生命钉死了。你我也可以说，人都需要同类的认同，中国人的同乡，同学，同宗（同姓），同事，同好（嗜好相同），号称“五同”，也就是五种归属感，请记住，遇见“五同”的人，多看一眼，多说几句，若有天灾人祸发生，多问候几次。若是出了国门，又需要民族的认同，国家的认同。归属感让一个人觉得很安定，蝙蝠是在寻求归属感，罪过并不大。

钱先生说：“人比蝙蝠就聪明多了。他会把蝙蝠的方法反过来施用：在鸟类里偏要充兽，表示脚踏实地；在兽类里偏要充鸟，表示高超出世。”这当然不是说鸟，而是说人。“向武人卖弄风雅，向文人装作英雄；在上流社会里他是又穷又硬的平民，到了平民中间，他又是屈尊下顾的文化份子。”这话使人联想到人在求同之外还有求用，我和你不同，这是我的特色，我的专长，你需要我，我对你们有用处。蝙蝠到了鸟群，可以做兽类问题的专家，对于兽类的了解，任何一只鸟都比不过它。到了兽群，它可以做鸟学顾问，对于鸟类的了解，任何一只兽都比不过它。有人批评胡适，说他对中国人谈西洋文化，对西洋人谈中国文化，那时中西交流，中国人对西洋觉得新奇，西洋人对东方觉得神秘，谁能促进双方的了解，会受到双方的欢迎。白求恩医师是加拿大人，他在中国没有医生的地方施医，得到大用。处世做人，常想自己对别人有什么用处，供其所求，不要自私。

秋虫促织也进了《伊索寓言》。促织也叫纺织娘，北京话叫蛐蛐儿，伊索说，冬天到了，促织没有东西吃，向蚂蚁借粮，蚂蚁说：“在夏天唱歌作乐的是你，到现在挨饿，活该！”寓言的意思教人平时要勤劳储蓄，“常将有日思无日，莫待无时思有时”，说得也对。促织是用翅膀摩擦发音，大家误会它是用嘴“鸣”，古人跟它叫“吟蛩”，这些不重要，钱先生摆脱《伊索寓言》的定论，由促织想到音乐家的生前死后，我们是不是还可以有别的想法？促织唱歌也是一种贡献，在“秋声”中有重要地位，蚂蚁知道它唱歌，想必在辛苦搬运粮食的途中也停下来听过，调剂劳逸，提高工作效率，算是一个受益人。拿人间的音乐家比拟，他为大家唱歌，到了他不能唱歌的时候应该有份口粮养他。看见音乐家挨饿认为人心大快，那不是一个合理的社会，伊索只知说教，不懂治国平天下。

《伊索寓言》衍生的话题很多，世事人情说不完，这里再谈一则：一只母鸡，每天生一个蛋，养鸡的人还嫌不够，把鸡的饲料加了一倍，希望它每天生两个蛋，谁知母鸡长得太肥，反而不生蛋了！寓言的意思是教人不要贪心，我认为养鸡的人不妨希望每天有两个鸡蛋，正确的方法是养两只母鸡。人有人性，物有物性，驯兽师能指挥狮子，他了解狮性。打猎的人都养鹰养狗帮助行猎，他平常多半不让鹰吃饱，让他的鹰总是觉得有点儿饿，它在捕鸟追兔子的时候才特别凶猛，他了解鹰性。人也有人性，跟人相处要了解人性，同行生竞争，竞争生嫉妒，就是人性，归属感也是人性。人性复杂，所以待人接物是一门学问。年轻时不懂这一套，人家笑一笑，成年后还不开窍，人家就不原谅了，这也是人性。

钱先生说，有人认为寓言并不适合少年儿童阅读，怕它把孩子们教坏了。我也想过，寓言里写的是人类，作者把人化妆成禽兽，禽兽互动，不会有孔融让梨，管鲍分金，不会己所不欲勿施于人，剧本按照丛林法则编写，突出了狮子残暴，狐狸狡猾。残暴狡猾，人性里面并非完全没有，不过那是人性的阴暗面，不对少年儿童揭露。我们的教育把孩子们保护得很好，就像从前皇帝吃饭，一道一道把关，防止食物有毒，只有寓言里面稍微有一点人间的兽性。如果连这一点儿也不许，你又能对他们密封到几时呢！

六、无字天书写在背上

朱自清先生的《背影》，我读初中的时候就是语文教科书中的一课，现在依然。算来八十多年了，多少老师教过，多少名家谈过，多少少年子弟老来回味过。今天重读，古人说“老年读书如登台望月”，我这一望，望见许多人情世故，倒是还没人写过。

《背影》一开始写的是祖母去世，父亲失业，“我”在外面读书，和父亲一同回家奔丧。这位“父亲”对上是孝子，对下是慈父，正是今人所谓“三明治的一代”。三明治的核心人物孤立无援，独木撑大厦，家人都不知道应该安慰他，鼓励他。朱先生那一代年轻人没有这个观念，今天的中学生应该有了，不论读《背影》，还是写背影，“你”看得见“他”背上的压力。今天的“你”应该想到，怎样可以给“他”一点安慰，一点支持。

朱先生说，他当年找到父亲的住处，看见“满院狼藉的东西”。可想而知，父亲既然离开他的工作，当然也要离开他住的地址，许多东西都不打算带走，也没有心思收拾。这房间究竟是临时租来，还是公家分配的宿舍？人走了，留下这么多的垃圾，也会留下坏的名声。如果是今天的你，父亲心情恶劣，管不了那么多，你这个儿子要为他管一管。如果儿子弯下腰来，让父亲也看见背影，就会感觉儿子分担他的压力，得到莫大的安慰。

当年我在台北的时候，有一个朋友移民出国，动身前夕，也是家中满地狼藉。他有一个朋友提前来送行，看了又看，一语不发，出去买了几个大尺寸的塑料袋，把地上的东西分门别类装起来，有几袋可以丢掉，放在门外等垃圾车运走，有几袋不必马上丢掉，替他找个地方放着，这种塑料袋很结实，密封以后不怕倾盆大雨。两年以后，这个移民出国的人回来找他的垃圾袋，他说："心如死灰的时候想丢弃的东西，死灰复燃后又用得着。"他也告诉我，那位买垃圾袋的朋友是他永远不会忘记的人。

《背影》记述，父亲办完丧事，不但失业，而且负债，"家中光景很是惨淡"。论人情世故，如果是今天的你，这是你多跟父亲做伴的时候，你得找件事情爷儿两个一起做，找个话题爷儿两个一起谈。朱先生这篇文章聚焦在背影，这些都在画框以外，他没有写，今天的你心中有数。当年朱先生老家不能久居，爷儿两个又各奔前程，第一站南京。他们在南京只有一天停留，论人情世故，儿子这一天要陪着父亲到处散散心，朱先生那年才二十岁，他还不懂，也没人提醒他，他一个人跟朋友游逛去了，我在这里特地说一句"如果今天是你"……

在《背影》里，朱先生要从南京到北京求学，他到浦口去坐火车，南京浦口之间隔着长江，那时候，他得先坐船过江再上火车。朱家老太爷叮嘱南京旅馆的一个茶房（"茶房"这个称呼早已淘汰了，顾名思义，他们是为顾客端茶送水，现在叫作服务生）送公子上车，公子认为没有必要，茶房也不会尽心，"其实我那年已二十岁，北京已来往过两三次"，一切可以自己料理，父亲何以不信任他，反而信任茶房？朱老爷子思来想去又变卦，决定亲自出马，他更再三反对。

朱先生的想法没错，我有联想。那一代父母到了儿子读书的学校，或者到了儿子工作的单位，总是对他儿子身旁的长官同事作揖，要人家多照顾他的孩子，这也是中国的世故人情。第一，这是应酬话，向对方表示礼貌，双方都不会认真，但是对方会感觉到善意。第二，你这句话倒也不是全无用处，开水没开你不能喝，油漆没干你不能摸，也是照顾。你有这句话，他心里就有这个念头，我们常说一转念间，有一天因缘凑巧不凑巧，你给他的这一念浮上来，你的孩子正好用得着。

人情世故是千年智慧，现在有新学说，上一代人对下一代照顾得太周到，下一代会没有自尊自信，失去奋发图强的动力。是这样吗？新学说我不排斥，但是仍然思考，我真想做个测验，请问你，你坐汽车的时候，有人叮嘱你系好安全带，你是否觉得丧失了自尊？抑或任凭你忘记了安全带，置身于车祸伤亡的危险之中，你更有自尊？“不要再滑手机了，该歇歇了”，这话是否使你丧失自信？抑或漫无节制，伤害了眼睛，伤害了颈椎，你才更有自信？

朱老太爷把公子送进车站，托运了行李，又把公子送上火车，替他挑选座位，座位上铺好大衣，看着公子坐下，转脸看见另一座月台上有小贩，还要再去买几个橘子。老先生好像做事没个计划，忽然这样，忽然那样，其实眼耳鼻舌身意随处触机都是儿子。可怜天下父母心！儿子只觉得老爸管得太多。

买橘子，老先生显出背影，有人认为背影出现是这篇文章的高潮，我认为他走出车厢，张力已经在膨胀了，那年代火车说开就开，乘客入座以后不敢再离开，所以老先生坚持自己去买。为了买橘子，老先生走下月台，越过铁轨，再爬上另一座月台，张力随着膨胀，因为火车说来就来，直接越过铁轨爬月台是极其危险的动作。他买了橘子，再越过铁轨爬月台回来，那年代小贩并没有什么塑料袋给你装着橘子，他得抄起衣服“兜”着橘子，回程中添了累赘，老先生的难度增加，文章的张力膨胀得更厉害，到达顶点。火车站禁止乘客徒步越轨，特地在两月台之间架设天桥，保障乘客的安全，老先生为什么不加以利用？这要回顾前文，走天桥要绕一个大圈子，他唯恐买到橘子赶不回来，火车开了，他要节省时间，走快捷方式，毕竟走快捷方式撞上火车的可能性比较小，走大道误了事的可能性比较大。这个过程，朱先生一步一步写出来，老先生的心念，一点一点显现出来，作者和读者的眼泪也一滴一滴掉下来。

《背影》最后说，父亲晚年脾气不好，常常因小事发怒，待儿子不如从前。写到此处，显出作者洞明世事，练达人情：“他少年出外谋生，独力支持，做了许多大事。哪知老境却如此颓唐！他触目伤怀，自然情不能自已。情郁于中，自然要发之于外。”朱家老太爷显示了共同的人性，设身处地，如果那个父亲是“我”，我也大概是这个样子，事有必至理有固然，古人说“天下无不是的父母”，可以从这个角度去理解。儿女也有一个反抗期，到了某个年龄，抽烟，逃课，跟父母顶嘴，教育家说这是他们的必经阶段，父母也都有过这个阶段，“天下无不是的子女”。

当年我在军中受训，长官要我们有共信，有互信。后来入世渐深，我更改了一个字，加上两句，有共谅，有互谅，四句并存。我结婚六十周年那天，朋友来问夫妻相处之道，我说：她大声讲话的时候，我不作声，我大声讲话的时候，她不作声。朋友大笑，然后在沉默中回味。人，有时候总要大声讲话的，这是共谅。我大声讲话的时候，你让我讲，你大声讲话的时候，我让你讲，这是互谅。人，总不能永远大声讲话，这是共信。我可以等你声音小了再谈，你也可以等我声音小了再谈，这是互信。这并非最好的办法，但是可以避免最坏的结局。

疫情下的生命情怀

——纽约慈济云端讲坛

线上发问：刘雯　　回答：王鼎钧

问：2020这一年，新冠病毒在全球各国流行，它最后破坏患者的肺，使人死亡。在我们举行云端讲坛的这天，看新闻报道，世界上许多地区封城锁国和病毒作战，人类改变了生活习惯要戴口罩，人和人要保持六英尺的距离，甚至要居家隔离，不准出门。在这篇访谈记录定稿的这天，全球有1.8亿多人染病，390多万人病殁。这次病毒让您想到与您过去生活的经验有相关的联想是什么？

答：20世纪50年代我在台北生活，那时候台湾到处抓间谍，就像今天卫生当局到处抓感染了新冠病毒的人。现在发现谁中毒了，生病了，人人见了他家的孩子也害怕，这个病人坐过哪一班公交车，吃过哪一家馆子，进过哪一家超级市场，都要调查，都要消毒。50年代台湾，如果当局认定一个人和间谍有牵连，他的家人，他的好朋友，他当年的同班同学，同一个寝室的室友，还有提拔过他的长官，他是哪个单位调来的，他以前租过谁的房子，都要受调查，受连累。现在防范病毒，人和人要保持社交距离，我想起当年也是人和人的关系不要太亲密，只能有泛泛之交，不能有生死患难之交。现在防范病毒要戴口罩，我戴口罩的时候想起 50 年代天天提醒自己要少说话，恨不得有口罩戴上。现在防范病毒要多洗手，我洗手的时候想起 50 年代常常检查我的抽屉，把别人来的信、别人的照片毁掉，省得受他们连累，或者连累了他们。

问：美国许多人确实并没有因为病毒而戴口罩，因为他们相信所谓的"自我"，相信过去信仰的独立决定，自由意识，尊重个体，这个意识价值是否仍需存在？

答：美国社会也一窝蜂赶流行，群众轻信盲从，若是政府有什么统一的规定，偏偏不肯合作，这个现象很奇怪。很久很久以前，原始社会，初民的时代，没有政府，没有国家，每个人都很自由，可是日子并不好过，弱肉强食，你辛辛苦苦打猎，都给别人一伸手抢了去，强壮的人欺负弱小的人，三个人结伙欺负一个人。大家一看，这样不行，这么多人在一起生活，要有规矩，有秩序，对违反规矩破坏秩序的人要制裁。这才出现了政府和国家。可以说，国家本来是约束个人自由的，国家的权力大，个人的自由小，个人的自由大，国家的权力小。

当年美国独立，开国的先贤在费城制定宪法，讨论国家究竟应该有多大的权力。有一位元勋留下名言：国家的权力，大到足以保护人民，小到不能压迫人民。我对这句话的理解，国家的权力和个人的自由都有弹性，可以互相揖让，天下无事，老百姓的事你少管，天下有事，国家的政令你多服从。新冠病毒杀人如麻，国家的权力要大，要大到足以保护人民。新冠肺炎消灭了，国家自然不会再管那么多。

说到这里，我想起一件事情。当年我在台北的时候，有一个广播电台的台长走在马路上，看见一栋房子失火，消防车来了，可是自来水的水压太低，水喷不上去。这位台长立刻打电话回电台，要节目主持人把节目停下来，临时插播一段话，要求台北市听见这个节目的人马上关紧自家的水龙头。这位台长还打电话到别家电台，要求他们也这样做，他就站在马路旁边看效果。没几分钟，水压上来了，消防队把火灾扑灭了。我想这件事情可以做个比喻，拿每一个家庭的水龙头比个人的权利，拿消防车喷水比政府的权力。

问：病毒流行，都要居家隔离，听说家暴事件增加了？也有人说，居家隔离，一家人的相处机会多了，感情增加了。您的看法呢？

答：应该是两种情形都有，不过从新闻报道看是家暴大量增加，因为丈夫亲妻子一下不是新闻，咬妻子一口才是新闻。在新闻版面上，虐待动物也增加，种族歧视也增加，有人自杀，包括好莱坞制片人这样的精英分子。杀人案也增加？有一个人，中毒了，医生教他居家隔离，他跑到超级市场里头到处吐唾沫。还有一个人，中毒了，他去坐公共汽车，坐了这一辆再坐下一辆，这也是杀人。

这是怎么一回事呢，这也得先说一个故事。《红楼梦》大观园里头有个丫鬟叫晴雯，漂亮，聪明，宝玉喜欢她，谣传两个人怎么样了，其实晴雯很有个性，并不随便，可是贾府当家的人硬说她引诱宝玉学坏，把她开除了。晴雯受不了这个打击，回家生病，死了，她病重的时候宝玉去看她，她对宝玉说自己枉担了一个虚名，早知如此，那就干脆怎样怎样，也就不冤枉了。

晴雯的这个心理在今天有代表性。大难临头，又还有一点时间思前想后，正是人为自己算总账的时候，会有一些人为自己做的好事后悔，最后关头，他/她想做点坏事弥补一下，平均一下。人做了坏事不后悔，有人注意，人做了好事后悔，没人注意，人做了坏事，有人劝他后悔，人做了好事，没人劝他不后悔，再进一步，人做了坏事，别人不敢批评，人做了好事，反而有人放心大胆讽刺，或者故意曲解。这就制造出来千千万万个晴雯。我认为这才是现代社会的危机。

问： 这个问题不能就这样不了了之，请你继续谈下去，谈出一条路来。

答： 我认为人会做坏事，希望他做了坏事会后悔，人也会做好事，问题是要怎么样才可以使他做了好事不后悔。这两件事有连环性，一个社会，如果使人做了好事后悔，这个社会大概也会使人做了坏事不后悔。再加上做坏事不容易灰心，做好事容易灰心，做坏事慢慢地淘汰做好事，坏事多了，减少人心的祥和之气，增加人心的暴戾之气、肃杀之气，即使没有新冠病毒，家暴案、杀人案也会增加。别把晴雯心理当作小女子使性子，它跟治国平天下有关系。

我以前说过，现在再说一遍：你做坏事，大家都懂得你为什么那样做，你做好事，人家不懂你为什么那样做。人人知道做坏事要有靠山，殊不知做好事也要有靠山。为什么有那么多人参加慈善团体呢？其中有很多人是来找靠山的，比方说，进了慈济，人家就懂得你为什么做善事了，你就可以放心做好事了，你做了好事也不会后悔了。参加其他的慈善团体也是一样。

问： 你说人是要做好事的，又说人是要做坏事的，能不能再说清楚一点？

答：我只能讲一个小故事。台北附近有个名胜叫碧潭，地势低洼，河水经过这里聚成一个小小的湖。每年夏天，很多游客到这里游泳、划船、乘凉，船夫把船停在水边上，随时准备为游客服务。也有一些游客，大半是一对情人，他们租了船自己划。

碧潭常常淹死人。论人数，第一是游泳的人，碧潭水下有个大漩涡。第二是自杀的人，在高高的吊桥上跳水。第三是划船的人，划那种舴艋舟看起来简单，其实生手划船很危险。有人落水，需要附近的船夫来救，起初，我是说 50 年代，船夫救人有报酬，一条人命新台币六百元。若是你的游伴落水，你不能只喊救命，你在“救命啊”后头要加上：“六百元！六百元！”如果旁观者仗义出头，这个人也得先许下诺言，船夫的报酬由他负责，要不然，船夫不管这种闲事。

我那时在报社工作，看到这条报道，就写了一篇短文，题目是《给他六百块！》。我说船夫整天待在潭水旁边，风吹日晒雨淋，也很辛苦，如今又要他做救生员，给他报酬也是应该的。有位无名氏看到这篇短文，送了一笔捐款，由碧潭的警察派出所保管，船夫救溺，一定要到派出所报案，派出所就从这笔基金里面取出六百元来，奖励他的义举，这位无名氏说，钱用完了，他会再捐。从此，碧潭再也没有见死不救的新闻。

说时迟，那时快，60 年代过去了，迎来 70 年代，我从新闻报道中得知，碧潭派出所把那笔救溺基金还给捐款人了，碧潭仍然有人落水，有人救溺，可是船夫救人以后都不来领这六百块钱了。有人说，碧潭在戏水区设置救生员了，这话没错，可是船夫能24小时在场，能遍布每一角落，救生员不能。有人说通货膨胀了，船家的经济状况也改善了，这话也对，可是那也还不至于六百块钱掉在地上不肯去捡起来。这个现象表示船家的心改变了，境界提高了，他要表示他不是为了六百块钱去救人，救溺这个行为的本身已经使他满足，其他可有可无。

这是我看见的世变，我要说出来。

问：这一次新冠病毒使人想到环保专家的警告，人对大自然掠夺破坏，不能节制，大自然要用种种灾害反扑。你对这个问题有什么看法?

答：我从人性看这个问题。今天的问题是过度开发，过度开发由于各国互相竞争，你要“开发中的国家”停下来，它不甘心，既然“开发中的国家”继续开发，“已开发的国家”也不敢停，再说，即使各国一致同意停止开发，谁也不相信谁。这是人性反映在国家政策上。这一次新冠病毒大流行，死亡率节节升高，由每19分钟死一人到每33秒钟死一人，教你戴口罩你偏不戴，教你别参加宴会你偏参加，教你别到风景名胜区旅行你偏去人挤人，这是人性反映在个人行为上。人只顾眼前的利益，不顾久远的利益，只顾个人的利益，不顾全体的利益，顺着人性的发展一定出问题，中国古圣先贤开出的药方是抑制人性，逆水行舟，用心良苦，但是病人不合作。西方圣贤说，顺应人性而生的问题，不能用逆反人性来解决，仍要顺应人性求出路，他们主张把强暴犯送进恋爱训练班，让他们学习怎么样得到异性的欢心。

这就说到经济学上的一条定理：劣币驱逐良币。想当年袁世凯做大总统，银圆上面有袁世凯的浮雕人像，民间称为袁大头。袁世凯死后国民政府另铸新币，改用孙中山的雕像，头部的比例比较小，民间称为孙小头。国民政府希望大家都用孙小头，不用袁大头，就在设计新币的时候把含银量降低，新银圆里面的银子比较少一点，是劣币，旧银圆里面的银子稍微多一点，是良币，民众都把新银圆拿出来使用，把旧银圆藏起来储蓄，孙小头把袁大头淘汰了，劣币驱逐良币。这就是顺着人性解决问题。

问：眼前还没有根本解决的方法，我们又能做什么？

答：我还是说个小故事吧。很久很久以前，人本来是不穿鞋的，据说，有一个国王，他看见大家赤着脚在泥土上走来走去，皮肤流血了，他叫大臣把街道上面铺一层地毯，这件事当然难办，他的大臣为了交差，发明了鞋子，让每个人保护自己的脚。据说还有一个国王，老天下雨了，他看见许多人的衣服都淋湿了，就吩咐大臣在街道上搭棚给老百姓挡雨，他的宰相灵机一动，发明了雨伞，让每个人遮住自己的头。我们现在能做的、该做的，就是替众生多造伞，多造鞋。

现在什么都有人研究，有一份研究报告说，人永远可以再多爱一个人。你可以反驳：那个在公寓里冻死的老太太也还能再多爱一个人？我也可以辩护：这个例子恰恰证明她的隔壁邻居有能力爱她。谈到这里我想起来，香港有一个歌星，漂亮，很出名，可是也快退休了，电台访问她，问她希望能活到多少岁。新闻记者都是这样，提出来的问题很尖锐，逼她把平时轻易不说的话说出来。常言道“美人自古如名将，不许人间见白头”，没想到她居然想活到 100 岁，新闻记者抓住新闻的对象，一向是穷追猛打，就再追问一句：为什么要那么长寿？这位受访问的歌星说，我要等着看报应，看那些对不起我的人的下场。你我可以想象，她这么多年在歌唱这一行奋斗不容易，受了不少委屈，心里有恨。越思越想心头恨，洪洞县里没好人，把精力情感都消耗掉了，要恨的人多了，能爱的人就少了！只要能够少恨一个人，就可以再多爱一个人。

问：你说访问要提尖锐的话题，我有一个话题很尖锐，居家隔离的日子，有没有想过生死问题？这次大疫情，人类的生活、目标都会受到冲击，许多人失去生活重心，请给我们分享，疫情造成生命的消失，我们应如何面对生命的意义，实践有意义的人生？

答：这个话题太大，我拿不动，我是写小文章的人，所谓雕虫小技。居家隔离的时候，恐怕人人想过生死，问他怎么想的，他又说不出来。自己说不清楚的事就引用别人的话，有人说过，生命要像唱歌，“歌”不要长，要好。有人会问，什么是好？标准在哪里？我想好坏是可以比较的，这次新冠肺炎到处杀人，年纪大的人最容易感染，生病以后也最容易死亡，有一家养老院发现了病例，在里面服务的护士全跑了！另外那些医院、养老院里的护士坚守岗位，吃不饱，睡不着，打死也不退。这两支歌显然有好有坏，你不能说无所谓，差不多。

这次新冠病毒流行，好像哗啦一声拉开了舞台的大幕，让我们同时看见这四种人，一种是好，但是不长，一种是长，但是不好，还有又长又好，又不长又不好。做哪一种人，要客观的条件，但是你可以有主观的愿望。有人立定志向宁可不好也要长，有人立定志向宁可短，也要好。这两种人也可以比较。

这个世界由“又好又短”的人开创，“又长又好”的人发扬光大，“又短又不好”的人糟蹋，“又长又不好”的人享受。对不起，听起来有点像拗口令了。有学问的人说，这次新冠病毒会给世界带来十大改变，你要我说，我想新冠病毒影响人的人生观，它消失以后，世界会有一种改变，就是上面这四种人的比例改变了！今天的少年儿童，亲人病了，他要马上隔离，亲人死了，他只能看见骨灰，甚至连骨灰也看不到，这些事情严重影响他们的人格，30年后，他们成为什么样的主流，想到这里，一则以喜，一则以惧。

今天你访问我，也等于教我唱一支歌，我希望能唱好。

问：因为疫情，许多人失业了，慈济与许多慈善机构都提供一种服务叫“蔬食发放”，和大家一同吃素，同时送食物给无法出门的耆老们。请您鼓励大家，有能力的人奉献自己的能力来服务小区。

答：纽约市有很多老年人，独自住在公寓里，冬天常常有人冻死，因为暖气坏了，很奇怪，暖气总是在下大雪的夜里罢工，老人家太老了，自己没办法处理。新冠病毒来了，这些老人怎么维持他的三餐？慈济想到他们，纽约市政府也想到他们。

纽约市政府提出一个口号，叫“喂饱纽约”，给“没有能力出外寻找食物”的老年市民送饭，也送给我。我还有能力寻找食物，他们送来的食物我也吃不惯，就告诉送饭的人不要再送了，对方说他们跟市政府签了合约，不能不送。那就打电话给市政府，要求停送，对方说不能停送，市政府订的办法里头没有停送，因为没想到会有人要求停送。要取消也得等三个月试办期满的时候。好吧，那就吃吧，起司是臭的，咱们的臭豆腐咸鸭蛋不也是臭的？牛奶是酸的，咱们当年在台北喝的“阿尔卑斯”汽水不也是酸的？广告词还说是初恋的滋味呢！于是臭也照吃，酸也照喝。那吃不完喝不完的，只有暴殄天物了！

慈济的纽约分会也在照顾老人，也有一群志工送食物上门。市政府“合同工”车子停在慢车道上，食物放在安全岛上，面无表情，公事公办，一丝不苟，慈济的志工把食物放在你的门外，退后五步，给你微笑挥手，个个服装整洁，容光焕发，好像疫情已经结束，春天已经来了。慈济的青菜新鲜，生机盎然，市政府的牛肉实惠，他们一餐抵咱们两餐。三个月后，市政府的送餐停了，慈济送餐没停，我那老伴儿想看送餐的人。

激情与超前的一代：布鲁姆斯伯里团体

程奇逢

住在伦敦，你会在某个瞬间觉得与历史是如此接近，好像可以用手触摸着它。每天清晨，白金汉宫禁卫军交接仪式像是铺展开的一张政治长卷，让你阅尽千年王朝的春风秋雨。在西敏寺大教堂，乔叟、莎士比亚、牛顿、达尔文仿佛就站在面前，正要与你对话。

这次去伦敦，住的酒店就在罗素广场花园对面，推窗而望，草地上伦敦大学的男女学生或坐或卧，一边读着书，一边享受初夏和煦的阳光。眼睛向北越过一条街口，就是戈登广场 46 号。这个著名的地址令人在脑海中浮现出迷蒙历史中一群“布鲁姆斯伯里团体”知识分子高谈阔论飘忽的身影。

布鲁姆斯伯里团体是 20 世纪初英国文化精英的沙龙团体，由一批卓具才华和思想的人组成，核心成员有作家弗吉尼亚和她的丈夫作家、评论家伦纳德·伍尔夫（Leonard Woolf），画家瓦妮莎和她的丈夫艺术批评家克莱夫·贝尔（Clive Bell），传记作家利顿·斯特拉奇（Lytton Strachey），画家邓肯·格兰特，作家 E.M. 福斯特，经济学家梅纳德·凯恩斯，艺术批评家、美学家罗杰·弗莱等人。哲学家伯特兰·罗素，诗人 T.S. 艾略特，小说家亨利·詹姆斯等人也经常参加沙龙的活动。

这个小团体以其自成体系的审美、贵族的品性、独特的生活艺术品位在当时的英国独树一帜。他们思想超前、惊世骇俗、放浪不羁，布鲁姆斯伯里团体的精神已然伫立在 20 世纪英国文学艺术历史上，博大如山。

这个团体的缘起可以追溯到莱斯利·斯蒂芬爵士，斯蒂芬出身剑桥大学，是著名的文学评论家、学者和传记作家。他的名字虽然没列入布鲁姆斯伯里团体名单内，但他为布鲁姆斯伯里团体提供了两个不可或缺的条件，一个是两位核心人物，他的女儿，弗吉尼亚·伍尔夫（又译“弗吉尼亚·伍尔芙”）和瓦妮莎·贝尔（Vanessa Bell）。一个是活动场所，斯蒂芬在海德公园门口的豪宅是他两个女儿的出生地，1904 年斯蒂芬去世后，孩子们把家搬到面积比较小的戈登广场 46 号，而这里离伦敦的国王火车站较近，布鲁姆斯伯里团体成员大多数是剑桥大学的学生或教授，他们从剑桥可乘火车直达国王火车站，非常方便。

斯蒂芬的第一任妻子是哈里特·玛丽安，她的父亲是与狄更斯齐名的小说家，《名利场》的作者威廉·梅克比斯·萨克雷。1875 年玛丽安去世，三年后，斯蒂芬又与茱莉亚·达克沃斯结婚，这是达克沃斯的第二次婚姻，她的第一次婚姻育有两个儿子，又与斯蒂芬生下瓦妮莎、弗吉尼亚等四个儿女。弗吉尼亚幼年时的经历，严重损毁了她的身心，造成她一生的悲剧。

在布鲁姆斯伯里团体群像中，弗吉尼亚·伍尔夫（1882—1941）无疑是最光彩夺目的一个。她是20世纪初现代主义文学的先锋之一，世界公认的意识流创作大师，她与当时的詹姆斯·乔伊斯，法国的普鲁斯特等人把意识流小说推向世界。弗吉尼亚还提倡女权主义，着力描写人的内心世界，这一点与维多利亚时代以来，英国文坛盛行的现实主义风格背道而驰。她这样评价夏洛蒂·勃朗特："《简·爱》这类故事，总是当家庭教师，总是坠入情网，夏洛蒂·勃朗特没有塑造人物的力度及宽广的视野，她不想关注人生普遍的问题，甚至没有觉察到这类问题的存在。"（弗吉尼亚·伍尔芙：《伍尔芙随笔全集》，中国社会科学出版社）她恣意挑衅传统文化的态度由此可见一斑。

弗吉尼亚这个文艺圈的公主是个超级势利眼，在她客厅里只能容忍才华横溢与妙语连珠的伦敦才子才女们，这些人被她大浪淘沙般过了一遍，留下来的就成了布鲁姆斯伯里团体的常客，而那些不知深浅的突然登门者，常常受到冷遇。安妮·科尔就遭受过弗吉尼亚的粗暴待遇，把她弄得狼狈不堪，那以后她也没再收到过邀请。安妮后来嫁给了英国首相张伯伦，成为首相夫人的安妮，也并没有记仇。

1909 年弗吉尼亚 27 岁时，曾与利顿·斯特拉奇订婚。斯特拉奇是一位著名的传记作家，与法国的莫洛亚、奥地利的茨威格并称 20 世纪传记文学的代表作家，他的《维多利亚名人传》（*Eminent Victorians*）、《人物小传》（*Books and Characters*）被公认为成就至高影响深远的作品。他之所以未被中国的读者所熟识，或许是因为茨威格在中国已是名望浩盛，但茨威格声称自己受到斯特拉奇的影响很大，特别是他的"新传记论"，他认为"传记"不是为传主树碑立传的工具，而是表达立传者自我的艺术。斯特拉奇一直是布鲁姆斯伯里团体的重要成员。

斯特拉奇是个同性恋，与弗吉尼亚订婚后不久就宣布解除婚约，但两人承诺终生做对好朋友，事实上他们也是这样做的。斯特拉奇十分了解弗吉尼亚，知道她身边应该有一个可以照顾她一生的人，于是他绞尽脑汁地为弗吉尼亚物色这样一个人。他想到他的朋友伦纳德·伍尔夫，当时伦纳德在锡兰（现斯里兰卡）的殖民地工作，在他回英国度假期间，斯特拉奇介绍他认识了弗吉尼亚，很快他就被弗吉尼亚的绝世才华和娴雅风度所吸引，他写了一封堪称经典的情书，造就了一场伟大的、特别的婚姻，两人于 1912 年结婚。

这段婚姻被称为伟大是因为伦纳德在两个方面做到了常人做不到的事情，也成就了弗吉尼亚这样一位伟大的作家。一方面是伦纳德对弗吉尼亚无限的宽容，弗吉尼亚由于童年的阴影，不愿生育，伦纳德欣然接受，弗吉尼亚敏感、性情怪异，他也能一概包容。另一方面是伦纳德对弗吉尼亚终生的爱护，弗吉尼亚一生中出现过数次精神崩溃，最长一次达九个月之久，为了保护她的自尊及便于她创作，伦纳德从未想过把她送进精神病院，而是战战兢兢、时时刻刻地保护弗吉尼亚。结婚的第二年，弗吉尼亚精神崩溃，吞安眠药自杀，伦纳德镇静机智地救了她一命，否则，我们就不会看到这位意识流大师的惊世之作。对此，弗吉尼亚也多次说过，伦纳德是自己生命中隐藏的核心。

1925 年，弗吉尼亚出版了她的小说《达洛维夫人》（*Mrs. Dalloway*），小说集中在一天中的 15 个小时里。早上克拉丽莎去买花，准备晚上的宴会，走在熙熙攘攘的人群中，她也在思考自己的人生。旧情人沃尔什今晚也会来，她在想与达洛维结婚是对还是不对？小说的另一条线，完全不交集，老兵赛普提莫斯在战争中精神遭受了巨大的创伤，为了改变这种情况，他娶了露茜亚，明明知道自己根本不爱她。但他无论如何不能从自责、恐惧及孤独中走出来，当医生要对他进行隔离治疗时，他跳楼自杀了。这两条线在小说的结尾处交集了，在席间的闲聊中，达洛维夫人知道了赛普提莫斯自杀的事。

人们在谈到意识流创作时，总是会提到弗吉尼亚的《到灯塔去》(*To the Lighthouse*),小说情节很简单,拉姆齐一家和宾客们要去灯塔,由于天气不好,总是没去成,随后的岁月里,拉姆齐一家经历了战争与死亡,十年后,他们终于驾船到达了灯塔。在作者对一场晚宴的描写中,几乎每个人都有充沛的心理活动,有自己的回忆,有对别人的观察,杂乱无章的思绪片断一片一片交织在一起,好像既非理性又无逻辑,然而在主客观时间的变换,现实与回忆的交叠中,人物潜意识中的奥秘渐渐显现出来。弗吉尼亚在她的日记中写道:"展现思想在世界里穿行所留下的全部痕迹,最终完成某种由无数碎片构成的完整性,于我而言,这是自然的归宿,是心灵的桃源。"(弗吉尼亚·伍尔芙:《伍尔芙日记选》,百花文艺出版社)

弗吉尼亚的姐姐瓦妮莎·贝尔是后印象派和抽象派重要画家,师从约翰·萨金特(John Sargent)及亨利·唐克斯(Henry Tonks)等大师,她的作品构图大胆,色彩鲜艳,但是在妹妹弗吉尼亚的光芒下,她绘画方面的成就不大为世人所称道,反而是以作为布鲁姆斯伯里团体的核心人物与文化人聚会时的女主人而著称。

她在思想上与妹妹弗吉尼亚的超前观点相同,1907 年瓦妮莎与艺术评论家、画家克莱夫·贝尔结婚,婚后两人都允许对方在婚外寻找情人,瓦妮莎与克莱夫的画家朋友邓肯·格兰特同居。

瓦妮莎与克莱夫生下两个孩子：朱利安和昆丁，与邓肯生下一个女儿安吉莉卡，形成了一个六口之家。以至于昆丁的女儿、瓦妮莎与克莱夫的外孙女弗吉尼亚·尼克尔森后来回忆说，她在童年的时候，以为所有的人家都有三个祖父、祖母。在安吉莉卡 17 岁时，瓦尼莎把她真实的身世告诉她，却不允许她对外公开，更加要命的是，她后来嫁的大卫·加内特竟然是她生父邓肯的同性情人。她写了一本书《为善良所骗·布鲁姆斯伯里的童年》，2009 年安吉莉卡在纽约逝世。邱辛晔先生著有《安吉莉卡·加内特夫人》一文，生动地叙述了这个故事。

布鲁姆斯伯里团体好几位成员有同性恋行为或者是双性恋，反对一夫一妻制，践行性爱无间（无论是同性还是异性）。曾经有妙语形容这批人："住广场，画圆圈，恋三角"（lived in square, painted in circle, loved in triangle）。他们大胆、超前的行为在当时就是惊世骇俗之举，后来经由众多传记作家挖掘记述及布鲁姆斯伯里团体后人们对那段不寻常经历的回忆，现在人们在谈论布鲁姆斯伯里团体时，大多集中在他们特别的生活方式这方面。实际上，这个团体里面的作家、哲学家、经济学家，如福斯特、罗素、凯恩斯都是世界级名人，改变了 20 世纪英国甚至是全世界的社会与文化。即使是他们的出格行为也是他们对生命探索的一部分，虽然很多已被证明是失败的。

20 世纪 30 年代，利顿·斯特拉奇与罗杰·弗莱相继去世，使得布鲁姆斯伯里团体受到打击，接着 1939 年第二次世界大战爆发，1941 年弗吉尼亚自沉于乌斯河，布鲁姆斯伯里团体结束了活动。布鲁姆斯伯里团体的许多价值观念，在当时是很超前的。不要以为法国浪漫，美国前卫，英国文化保守、老派、传统，20 世纪初这批人让人们见识了一把什么叫作自由开放、离经叛道。20 年后他们信奉的主张由 60 年代西欧北美的反战、思想自由、性解放、女权运动再次接手，形成一波更加汹涌的浪潮。

位于伦敦南部的查尔斯顿庄园，是布鲁姆斯伯里团体在乡下的老家，那里也是许多游客和布鲁姆斯伯里团体热爱者经常造访的地方，庄园里现在仍陈列着许多中国的物品，例如画室壁炉台上的观音像，瓦妮莎卧室里的茶壶，这显示着布鲁姆斯伯里团体与中国的关系，这些东西是瓦妮莎的长子朱利安从中国带来的。

1935 年 7 月朱利安到武汉大学教书，开设了英国文学与莎士比亚研究等课程，三个多月后，在给母亲的信中就叙述了和武汉大学文学院院长陈西滢的太太凌叔华的恋爱，凌叔华比他大八岁，朱利安深受布鲁姆斯伯里团体超前、放荡不羁、无限激情的影响，对此并没有障碍，而凌叔华也毫不犹豫地跳进了这场爱的烈火之中。后来朱利安在西班牙内战中战死，凌叔华又回到陈西滢的身边。

通过朱利安，凌叔华和弗吉尼亚有了书信来往，至今有6封弗吉尼亚写给凌叔华的信存世。弗吉尼亚对东方文明充满浪漫的想象，凌叔华的倾诉让她感同身受。弗吉尼亚给凌叔华的信中写道："你的生活非常有趣，你是否可以用英文写下你的生活实录？"还说："你就把它写下来，简简单单，一五一十。"在弗吉尼亚的鼓励下，凌叔华开始英文小说《古韵》（*Ancient Melodies*）的创作。1946年凌叔华移居欧洲，这时，弗吉尼亚已经去世五年，但是凌叔华和布鲁姆斯伯里团体的其他成员建立了联系，继续《古韵》的写作。

在承载了凌叔华童年记忆和中国体验的《古韵》一书中，她借助跨文化的眼光，在对曾经置身的文化回顾与反思中，重构了自我，并把它当成全人类的一部分。1953年，由伦纳德和弗吉尼亚创办的贺加斯出版社（The Hogarth Press）出版了《古韵》，当年，英国读书协会（Book Society）评它为最畅销著作，《星期天泰晤士报》撰文加以介绍，这比哈金1999年获美国国家图书奖，早了差不多半个世纪。

除了凌叔华，还有一位中国作家与布鲁姆斯伯里团体有过交集感应。徐志摩1920至1922年在伦敦大学和剑桥大学留学时与布鲁姆斯伯里团体两位成员过从甚密，一位是亚瑟·威利

（Arthur Waley），威利对东方文化十分着迷，自学了中文，1918 年出版了他翻译的《中国古诗 170 首》（李冰梅：《威利创意英译——中国诗歌 170 首》，《中国比较文学》2009 年第 3 期）以及介绍《诗经》、《论语》、《西游记》的专著，威利曾向徐志摩请教过中国古典诗歌的翻译问题。另一位是美学家罗杰·弗莱，他对中国青铜器有着“宗教般的热爱”，常与徐志摩讨论青铜艺术，弗莱是最早向西方介绍中国青铜艺术的学者。1923 年 3 月徐志摩回国后，发起成立了“新月社”，明显的是以布鲁姆斯伯里团体作为模板的，“新月社”包括诗人作家胡适、闻一多、梁实秋、陈西滢、凌叔华、陈梦家，科学家梁思成、李四光，经济学家张奚若等。也在陆小曼、林徽因等女主人家中聚会，还出杂志办书店。这或许是徐志摩对中国文学的另一个贡献。

2015 年，英国广播公司拍摄了三集电视连续剧《花园广场的生活》（*Life in Squares*，又名《冲出牢笼》），引起又一阵轰动。实际上这个热潮从未间断，1992—2002 年有三部电影都与布鲁姆斯伯里团体有关，《奥兰多》、《时时刻刻》与《卡林顿》。

朱利安曾说到他老年时，要把布鲁姆斯伯里团体的每个人都写出来，但他去世太早，这个担子落在他的弟弟昆丁身上。昆丁先写了一部《布鲁姆斯伯里团体》，后来伦纳德要求他写《伍尔夫传》，开始他觉得无法胜任，可能是他怕别人写歪了吧，后来又答应了，结果好评如潮，还获了奖。

布鲁姆斯伯里团体的第三代尼克尔森年轻时曾努力与弗吉尼亚拉开距离，后来她开始读弗吉尼亚的书，感到她的才华和她著作的力度，尼克尔森先写了《查尔斯顿》，1996年她的爸爸昆丁病重，在他生命的最后三周，尼克尔森每天拿着个小录音机到他病床前，问了所有她能想到的问题，多亏尼克尔森有十多年在BBC做纪录片研究员的经验，所有的问题都问到了，第二年她出版了《波西米亚人》，她的这两本书都非常畅销。从事布鲁姆斯伯里团体研究的学者专著，更是硕果累累、精彩迭出，比较著名的有加拿大学者罗森鲍姆（S.P. Rosenbaum）的《岁月与海浪·布鲁姆斯伯里团体文化圈人物群像》以及传记作家赫尔迈厄尼·李（Hermione Lee）的《弗吉尼亚·伍尔夫传》，至今布鲁姆斯伯里团体仍是文化史学家写不尽的大题目。

为什么这批丰满鲜活的人物，老是让我们在心中放不下？为什么他们杰出的作品总能带给我们历久弥新的感受？他们一生中都把爱、创造、享受审美经验和知识追求这四者作为人的主体。他们怪诞却正直，放浪却善良，逆反却可爱。一百多年了，他们无法被模仿，无法被复制，成为并不遥远的绝响。

南方的岸

——记一个人和一本书

程奇逢

坐在新加坡的酒店里，我有一种新鲜而又奇特的感觉。这里的位置是北纬 1 度，赤道近旁，是亚洲大陆最南端的土地。小时候上地理课，看着地球仪，令我觉得最神秘的地方就是中间的赤道和南北两极，北纬度线和南纬度线，在这三个地方，走到了极点，不能再减少，不能再增加。一切东西到了极点以后，只剩下想象，常有一种恍惚不现实的感觉。

这里离我的故乡潮州 2800 公里，与去印度的距离差不多。外祖父年轻时远涉重洋来到这里，而后又频繁往返于新加坡，中国香港、汕头之间，妈妈在这里出生。这次来新加坡，我收集到一个著名华校的“校史”，上面记载，外祖父曾于 1932 年担任这所学校的校长，1934 年辞去校长一职回国。那年妈妈六岁。我没有听妈妈讲过这段经历，但是一个六岁的孩子，乖顺地度过在南中国海上风浪颠簸的十几个日夜，已经让我觉得了不起。

这里的华人告诉我，他们应该被称为华族，他们讲的语言叫华语，使用的文字叫华文，他们的国家叫新加坡。他们与中国，有血脉和文化坚韧不断的联系。

但是新加坡华文文学与中国文学却无法分离，继承的都是中国古典文学的传统，五四以后同时进行白话文的实验，两地的作家往来密切，更有人在两地都居住过，从事文学创作和创办报刊。郁达夫、饶宗颐、刘以鬯都是人们熟知的，但有一个重要的作家，被称为新（加坡）马（来亚）华文文学导航者的曾圣提及他的代表作《在甘地先生左右》，在中国大陆却鲜为人知。这次我来新加坡的一个目的就是收集他的书，及新加坡学界对他作品的研究成果。

曾圣提是我的远亲、同乡、外祖父的朋友，我称他为曾伯伯。1901 年曾圣提出生于广东省饶平县凤凰镇，早年在厦门集美学校学习，毕业后受聘于新加坡道南学校任教员，不久返回上海。受泰戈尔的感召，1925 年赴印度在泰戈尔创办的国际大学求学。在印度期间，经友人和甘地的秘书德赛介绍，他成了甘地唯一的中国学生。圣提（Shanti）这个名字就是甘地为他起的，是梵文“和平”的意思。

后来他返回新加坡，从事文学创作，参与南洋多家华文报刊的创办工作，如《南洋商报》《电讯新闻》《现代日报》等。他提出“以血与汗铸造南洋文艺铁塔”的口号。他的中篇小说《生与罪》是南洋华文文学的代表作，描写人力车夫“狗贱的爹”，一次拉车时，车子被汽车撞坏，面对五个待哺的孩子和怀孕的妻子，他走投无路，被迫去打抢，第一次就被警察逮捕。狗贱的爹在牢里还有饭吃，而他的妻子孩子呢？作品给读者留下想象的空间，小说心理描写细腻生动，辞采丰富。曾先生在新加坡发表了小说 11 篇，译作 7 篇，及大量的诗歌、散文、剧本等，对新马华文文学的建设起到开拓性的重要作用。1937 年他组织“华侨战地记者通讯团”，任团长并亲临战场采访，报道抗战情况。

1943 年 2 月，听到甘地第六次绝食，他用十天时间写成《在甘地先生左右》，记叙他 1925 年和 1932 年两次去印度，在甘地身边的经历。这本书问世后，就被誉为 1943 年最佳著作。（杨松年：《新马早期作家研究》，香港三联书店）。因为不论是内容或写作手法，它都与众不同，好评如潮。这本书从 1943 年初版后，在南洋和香港不断再版。这次我在新加坡得到的是 2007 年版本。一直到现在，曾圣提和这本书仍是南洋文学研究中的一个专题和热题。

太平洋战争爆发后，曾先生回到内地。1944 年，无名氏（本名卜宁，又名卜乃夫）写《塔里的女人》，正为给男主人公起名字大费心思时，突然想到曾先生的名字：圣提，又用了他另一个朋友罗吟圃的姓，于是罗圣提成了书中主人公的名字。1967 年，《塔里的女人》在台湾被拍成电影，1990 年又被改编成电视剧。

圣雄甘地给他学生起的名字成了中国畅销小说主人公的名字，这可能是他始料未及的。

1948年曾先生定居天津，我家也在20世纪50年代搬到天津。六七十年代我们两家往来频密，我常常去看望曾伯伯，我喜欢和他在一起，开始只是觉得他与周围的人很不一样，后来渐渐了解到他胸中含蕴的丰盈和纯洁，他快乐、宽容、豁达、淡泊名利，有时还童心显现。在我青少年时期他是对我有很大影响的人。

1965年的一天，我去他家，告辞时，他拿出准备好了的一包东西，对我说："拿回去看，不要让任何人知道，读完后还给我。"他那天的样子让我觉得有些异样，因为曾伯伯向来散淡从容，无惮无惧。

回家后打开一看，是一本纸张泛黄的小书，书名《在甘地先生左右》，著者曾圣提，封面是一位穿着宽大袍子的老者慈祥地俯瞰着一位同样穿着的年轻人。这书的装帧与当时书店里的书像是两个时代的，我阅读时也有一种隔着遥远时空的感觉。曾伯伯年轻时，只身跑到印度那样神秘的地方，竟然遇到甘地，好神奇的经历。其实，当时我对印度和甘地所知甚少，中印边境自卫反击战刚刚结束，新闻报道中对印度的敌意及隔阂，完全掩盖了我仅有的一点有关印度古老文明的历史知识。但是读后有几个印象新鲜深刻，多年不忘。

首先是甘地先生对曾伯伯的情谊与关爱。他们在泰戈尔国际大学第一次见面，甘地就对这个来自东方邻国的年轻人给予特别的关注，后来甘地让曾伯伯成为他最亲近的学生，曾伯伯可以进入甘地夫人的厨房，与他们的儿孙一起用餐，他还成为少数几个负责甘地生活起居的学生之一，每天都能见到甘地先生。曾伯伯所遇到的印度人也都对他热情友善。一个普通人与一个普通人碰撞出的是故事，一个伟人与一个伟人碰撞出的是政治，一个伟人与一个普通人碰撞出的是传奇，甘地先生是一个有着伟大胸怀的人，他始终对相邻的另一个文明古国中国怀有敬意，他把对中国人民的情谊倾注在这个中国青年身上。

1942 年 6 月，甘地在《哈理金周报》上发表《致蒋委员长函》，代表印度人民“对中国人民为求国家之自由与完整而英勇战斗及无穷牺牲，深表钦佩”，并保证“愿以印度为抵抗日本人侵略之基地”。金克木（止默）在他所著《甘地传》的附录中全文译出这封公开信。在信开始，甘地回顾了他与中国人接触的经历，先是他在南非当律师时亲见中国劳工之勤奋工作。然后有这样几句话；“以后在印度，我有一位非常好的中国朋友，和我们一起住了好些时候，我们都很喜欢他。”甘地的这位“非常好的中国朋友”就是曾圣提先生，但他很低调，“埋没不彰”（金克木语），曾先生对我也从未说起甘地在公开信中提到他一事。

另一件事是曾伯伯绝食的经历，他写道："我一半为结束上半生的生活总账，一半亦为我的稚气好奇心，打算作十天的绝食。"曾伯伯对绝食的兴趣自然是受了甘地与印度文化的影响，但他说是为改革性灵，刷新生命力，有类似宗教的意义。开始甘地表示反对，看到曾伯伯决心已定，就不再阻止。书中对绝食期间每天感受的记叙十分详细，从身体痛苦，意识麻木到心中圆满，精神畅旺，那段描写让我觉得很奇特。无论如何，我是不会去尝试的，知道了曾伯伯的体验已经够了。甘地在曾伯伯绝食期间对他无微不至的关心亦令人感动。

再就是曾伯伯优美的文笔。1932 年他第二次去印度探访绝食中的甘地，描写抵达的那晚："无意玩赏月亮，但月亮偏那样撩人，没有叶的巨树的疏影，好像淡墨泼成的图画似的，洒在地上：浓的是干，淡的是枝。"（曾圣提：《在甘地先生左右》，新加坡青年书局）又如写甘地与众门徒在阿须蓝的广场上晚祷的场景："晚饭后，夕阳在地平线上，我第一次发现印度西部夕照天空的美丽：远空近空的霞彩，由橙红变成强烈刺激的紫色，转瞬间，又变成鲜明愉快的桃花色。那晴空间的归巢禽鸟；银色的鹭鸶，绿色的鹦鹉，灰白色的天鹅，丹顶的巨鹤，有的从彩霞间飞来，有的向彩霞那里飞去，把阿须蓝的恬静空气打破了。"（曾圣提：《在甘地

先生左右》，新加坡青年书局）

我信守对曾伯伯的诺言，偷偷地读完全书，没让父母知道，也从未对任何人讲过。几个月后“史无前例”到来，曾伯伯家被抄，这本书也不知去向，在中国大陆，我再也没见过这本书。

曾伯伯自 1949 年后再未动过笔，但是印度没有忘记他，1961 年印度政府打算邀请他去访问，不久爆发了中印边境自卫反击战，预定的行程取消。1979 年印度“甘地和平基金会”再次邀请他去印度，在甘地的“隐庐”圣巴马提阿须蓝，从事甘地生平及思想之研究。临行前，中国有关方面终于承认了他的地位，授予他“中国社会科学院南亚研究所研究员”的职称，20 世纪 70 年代在中国有正教授与研究员头衔的人非常少。在这之前的 30 年，曾先生静静地坐在天津兆丰路信厚里那栋三层小洋房里，无人理睬，除了在政治运动时才有人找上门来。

1982 年初冬，我在匹兹堡大学读书，一天，接到妈妈从香港寄来的信：“你曾伯伯在印度甘地故居突然病逝。”我的心情一下子变得和那天的天气一样凄冷，我放下手中的课本，呆呆地坐着，脑子很乱，但有一个想法很清晰，我以后要写他。三十多年来，我从未忘记寻找这本书，然而除了 1988 年我在耶鲁大学图书馆和 2000 年在香港公共图书馆查到过这本书外，再未能见到它，也未曾听人提过这本书。我知道最有可能买到这本书的地方是新加坡，但也不十分确定，毕竟年代久远，这书初版至今已经75年了，曾先生去世也三十多年了。

每当我想起新加坡，脑子里出现的往往是她的色彩，新加坡宛如一幅画，画布上的颜色浓艳热烈，赤道的风从上面掠过，四季常绿的雨树，五彩斑斓的胡姬花陪衬一座座造型新颖的高楼，整洁与秩序也使得这幅画图赏心悦目。新加坡不但经济发达，文化也繁荣，她拥有世界一流的博物馆、美术馆、歌剧院、大学和国家图书馆。

到新加坡的第二天，我就找到一家书店，规模不小，装潢光鲜亮丽。我向书店经理打听这本书，她打开电脑查了一下，说没有，我请她再查查库存，说也没有。“年头太久了，又不是畅销书”——这话确实有说服力。第三天，我来到新加坡国家图书馆，很容易地查到了这本书，有1959年和2007年两种版本，都是“新加坡青年书局”出版的。国家图书馆里还有一些有关曾先生的资料，但我想要的是拥有这本书。

几天后我换了旅馆，搬到国家图书馆附近的太平洋大酒店（Grand Pacific Hotel），安顿好了，出得大门，看见马路对面的大楼有一中文标识“百胜楼”，我一下子想起来，“青年书局”的地址就在百胜楼里。我喜不自禁，过了马路按地址去寻，但人们告诉我，青年书局前几年关门了，创办人年纪太大，后辈不愿意再做这事业。

百胜楼是新加坡的“书城”，以前曾有十几个书店，好几家出版公司，现在实体书店都支撑不下去，纷纷关门，只剩少数几家。一个拐角处的书店吸引了我的目光，那家书店不大，四壁的书架上的书码到了屋顶，中间书架也摆满了书，角落的地上还有书摞得高高的。草草扫了一眼，主要是文史哲方面的书，种类全，来源广。我心中灵光一现，说不定这家书店有我要的书。一个中年女人在打理书店，我趋前向她询问。她说：“应该有，但不在书店里，我可以去书库找找，你把电话留下。”我边写电话边对她说，这本书我找了几十年了。我的这句话，引来一位面容慈祥精神矍铄的长者，他像是要来安慰我，很肯定地对我说，他书库里有这本书，明天一定带过来给我。中年妇人介绍说，他是书店的老板杨善才先生。我太过兴奋，不管不顾地向他倾诉，我告诉他，曾圣提是我的亲戚，年轻时我在他那里读过这本书。这时轮到他感到惊奇了，他说曾先生是新马华文学的先驱，一直到现在新加坡都有人在研究他。说着，他顺手从书架上抽出一本书《踩着黄丝带走回家的路》，他说：“这本书的作者陈家骏博士就是研究曾先生的专家之一，你愿意见他吗？”他拿起电话，与陈博士聊了几句，然后告诉我：“陈先生后天下午过来见你。”

第二天我到书店，拿到青年书局2007年版的《在甘地先生左右》，封面没变，穿着宽大袍子的老者仍在慈祥地俯瞰着那个年轻人。我把书拿在手中，想起53年前第一次见到这本书的情景，感慨万千。

结识杨先生是这次去新加坡的一个意外收获，意想不到的事情常常成为旅行的一部分。杨先生15岁时到书店当学徒，后来自己开书店，创办"新华文化事业有限公司"，他经常协办和资助新加坡的一些文化活动。他喜欢收集古籍、线装书、珍版书，前些年他把收藏的一些图书捐给国家图书馆。杨先生经营书店事业已经64年，爱书懂书，阅书无数且十分慷慨。我在前两天从他书店买了几本书，熟识后，当我向他打听新马华文学史的一些资料时，他拿出来送给我，执意不收钱。我在与他聊天时，常常见到当地的作家、学者来找他要资料、买书，请教问题，新加坡的作家大都认识他，他的书店也成了文人栖息的花园，他们在那里结识交流。

又过一天，我们三人围坐在杨先生书店走廊上的一张小桌旁。陈教授看上去四十多岁，很儒雅，十分健谈。他说，曾圣提1925年及1932年两次到印度跟随甘地的奇特经历，无论是当时或是今日，都十分特殊，所以引人入胜。其语言比起当时其他作品，也是以丰富见长。曾圣提自小接受私塾教育，他父亲是清朝秀才，曾圣提到 12 岁时才到新式学堂读书，他的古文功底甚好，使得他在文字驾驭方面，得心应手，他的书读起来流畅且饶有味道。陈教授把他的一篇论文带来送给我，标题是《曾圣提〈在甘地先生左右〉语言特色探讨》，洋洋洒洒几十页，透彻地分析曾先生的语言特征，比如词语的超常搭配，对偶句的刻意求工，典雅、精练、简洁的风格。在论文中陈教授写道："我们从曾圣提的作品中，除了窥视那个时代的风格，还看到个人的写作特点与特色。"（陈家骏：《文学语言论集》，万卷楼图书股份有限公司）

杨先生告诉我，新加坡出过多本"新马华文文学史"，方修先生编撰了十大本的《马华新文学大集》，他们都把曾先生列为"新马华文文学发展史上具有重大贡献的作家"。所以对他作品的研究赓续不断，陈教授的老师杨松林教授、林万菁教授，以及新加坡学者李锦宗、黄孟文、徐迺翔、王润华、孟沙、马仑都写过不少研究曾圣提的专门文章。"但是，"陈教授接着说，"在曾氏研究中，大家都感到 1949 年至 1979 年是个空白，几乎没有任何资料，也没有任何关于他的事迹行止可以知晓。也许你可以写点东西，来填补这个空白。"

我们谈兴正浓，暮色渐渐围拢过来，一幢幢设计风格各异的现代大楼灯光璀璨，风从海面吹来，热带的风，吹斜了满街雨树的绿叶。

《在甘地先生左右》最后一章“别离”：

临晚，一点月色也没有，洪亮而和暖的祷歌在圣巴马提河畔黑魆魆的祷场中发出。我背着一个白色的大旅行袋，穿着一件加达的长衬衣，头戴一顶洗得雪白的甘地小帽，好似一根木头似的危坐在祈祷场的最后一排。一段祷歌还没有背完，我的眼泪满面流了下来。

巴布兹（印地语“父亲”，印度人都以巴布兹称呼甘地先生）叫我坐在他的身旁，面向着村中大众，他向村民正式宣布我的离去，大家一齐为我祝福。新德里开来的火车，抵圣巴马提车站的时候，我站起身来向巴布兹告别。我弯下身子，触他的足背，他沉重地拍我的肩背。我的眼泪忍不住又夺眶而出。在黑地里，我看不见他的脸色，但我也不敢正视他。他为我祝福，盼望我每月给他一封信。含泪退出祈祷场，那种感觉，正如儿时离开自己的家里，向家中仁慈的长幼叩别的情景一般。那批送我到车站的友辈，包括好友拉马秦陀和德赛先生。德赛先生扶着我的肩膀，且行且说：“你要依巴布兹的话，每月来一封信；快乐的事，你要报告，让我们欢喜；失意的事，更要报告，让我们分忧……”（曾圣提：《在甘地先生左右》，新加坡青年书局）

曾先生有幸追随过甘地先生，我也有幸在曾先生身边生活过一段时间。当我回望 20 世纪六七十年代曾先生的背影时，也是一样依依不舍的离情。

那小溪，演绎着生命的壮阔

程奇逢

2015 年 8 月末，我从温哥华出发，乘坐去阿拉斯加的游轮，回程的最后一站是科奇坎（Kechikan），这是一个美丽的小镇，也是离美国本土最近的一个小镇，沿海边的街上有很多餐厅、商店、博物馆和游艇码头。

提起阿拉斯加，人们很容易把它想象成冰雪覆盖的荒芜之地。实际上北美最大的森林公园——通加斯（Tongass）国家森林公园，就坐落在阿拉斯加的东南部，占地 6.8 万平方公里，属于温带雨林的生态区，这里是众多物种的野生动物的家园。极目远望，层峦起伏，漫山葱郁。

科奇坎正位于通加斯国家森林公园的中心，建在浓荫中的木栈道成了科奇坎的一道风景，它们或纵或横，有的垂直连着木屋与山下的道路，有的把山腰间的小木屋一个个连接起来，像是山峦绿裙上的花边与腰带。这些木栈道是用生长在山上的树做成的，都是原木，台阶和栏杆没有油漆，也没有修饰。看上去年代久远，但不知多远，只觉得它们和森林已是合为一体。

科奇坎素来以“世界鲑鱼之都”（“The Salmon Capital of the World”）著称，因为北美太平洋地区所有五个品种的鲑鱼，到了产卵季节，都会游到这里，而且数量惊人。科奇坎小溪（Kechikan Creek）从山上浓密的林荫里流下来，流到靠近游轮码头不远处入海。溪水清澈见底，水不深，河床上随处可见石块及沙砾，溪水碰到岩石时，激起白色的浪花。流水淙淙，疾奔而去。

鲑鱼（俗称的三文鱼即鲑鱼的一个品种）是淡水、海水两栖鱼类。夏秋之交，鲑鱼在淡水河床上产卵，卵在冰雪下过冬，经过一个寒冬，才孵化成透明的孵化卵，来年春天，它们在河床上长成约一英寸长的鱼苗，在淡水里生活一年，再隔一年的春天，随着冰雪融化，它们奔流冲入海洋。在拥有丰富食物的海洋生活中，鲑鱼大肆进食并快速成长，二三年后长成成年鲑鱼。在太平洋里成长的鲑鱼，身体肥硕，表皮呈现闪烁的银色。

时间到了，在夏季里，成年鲑鱼会面向它们在淡水河的家逆流而上，它们无一例外地都能找到自己出生的小溪。在洄游开始时，它们就停止觅食，全靠体内储存的丰富脂肪和蛋白质维持生命。

鲑鱼进入小溪后，会一直向上游奋力前进，成群的鲑鱼呼啦啦地逆流而上，像是去冲锋陷阵，奋不顾身。在湍急的水流中，它们要逆流跃过一块块岩石，跳跃的速度极快，跃上的高度也很高。中国有“鲤鱼跃龙门”的故事，但那只是神话，当真真切切地看到鲑鱼的跳跃时，周围的游客发出一阵阵的惊叫。沿着山路往上走，在一处地方，溪水从两米高的岩石上跌落下来，那岩石对鲑鱼群来说像是一道不可逾越的屏障，但奇迹就在这里上演。不时有鱼顶着水流向上跳跃，但更多的鱼被汹涌的浪花冲刷下去老远老远，它们稍作休息，就再向岩石冲击。岩石上面，已经聚集了很多鱼，它们都成功跳跃了如此湍急的瀑布。

再往上，水流平缓多了。雌鲑开始选择它们的产房，它们用尾巴奋力拍打河床，在沙砾中挖出一个深坑产卵，与它们配对的雄鲑一面在卵上射精，一面赶走其他试图靠近的雄鲑。雄鲑与雌鲑，一同将卵覆盖起来。当这一过程结束时，它们也就力尽而亡。

鲑鱼洄游的过程和它们一生的故事，令人震撼，那是生命体内的宿命和宇宙的神奇给我们做的演示。

鲑鱼洄游产卵需要严格的生态环境条件。它们需要清净的水质，恰到好处的含氧量以及合适的温度范围。科奇坎小溪的水质条件很好，周围的森林提供丰富的氧气，在那里没有工业污染，没有生态破坏，没有人为的景物改变。加拿大温哥华地区以及佛雷瑟河上游也是鲑鱼洄游的主要地域。美国和加拿大政府对鲑鱼资源都有严格的保护措施，阿拉斯加州政府规定，捕捞鲑鱼的船只必须有专门的执照，每年只有三个月的时间可以捕捞，且有配额限量。（参见 Alaska Seafood Marketing Institute, State of Alaska）政府组织科学家每年对各种自然因素进行调查研究，然后计算出当年允许捕捞的总量，再分配给每条船。所有的游戏都要有游戏规则，政府的角色就是规则的制定者和监督者。人类经济活动的野心常常无限扩张，政府要控制他们不能越界。政府是经济游戏的裁判员，如果也一起下场踢球，不仅不符合他们的身份，也不公平。

鲑鱼由于它的两栖生物的特点，幼鱼阶段需要生活在淡水区，长到一定程度才能进入大海，所以它们的诞生地和幼年时期生活的区域要离开大海一定距离，不能太短也不能太长，这便使它们在产卵阶段必须跃到一定海拔层梯的上游。这就形成我们看到的它们不停地跳跃，不屈不挠地跃过一块块岩石，跃上一层层“台阶”的壮观景象。它们从洄游开始时就停止摄食，也是为了减轻自己的体重以便更容易地跃上那些高度。

鲑鱼洄游过程中最不可思议的一点是，它们是如何从茫茫大海中准确找到它们的出生地的？这是一个神奇的谜。有的科学家解释说：鲑鱼的味觉发达到可以记得家乡淡水的味道，并能够根据星象的指引，找到回家的方向。但是幼鱼进入大海的季节是早春，洄游的季节是夏末，难道鲑鱼可以像天文学家一样推算不同季节的星象变化吗？鲑鱼在大海中生活二至三年，在浩瀚的大海遨游，几百公里外溪水的味道可能从海水的咸味中一下子闻到，并让它们向这个方向一直游过去吗？

人类的“解释”常常是“猜测”的代名词，它固然开启了一道发现之光，却也使人类有足够的机会，进入一个谬误的死胡同，其谬误的可能性即使不是更大，也不会比正确的概率小。所以西谚说，“人类一思考，上帝就发笑”。宇宙和其中的一切生命，包括人类的生命，都不是人类创造的，人类也无法主宰自己，他们离正确解释自己宿命和宇宙神奇的“右墙”还遥不可及。

“左墙右墙”的理论是美国著名的古生物学家及演化论学家斯蒂芬·古尔德在他的著作中经常使用的，其蕴含的意义非常丰富，可以应用在很多领域中。对它的全面解释并非易事，简单来说，“左墙”代表生命或事物的起点，最简单的开始，而“右墙”代表生命生理机制或事物极致成就的极限，是开放的。因差异、分配、扩散、变化等因素导致两端间曲线的变化十分复杂，并且这些复杂的变化可以揭露出我们未经发现或长久误解了的真相。古尔德还常常提醒我们，人类只是偶然地站上我们这个星球整个生物阶梯的顶端，我们与包括细菌在内的所有生命是同一家族。我们能够脱离这个宿命，主宰地球的虚幻想法，只是我们的自我慰藉。（Stephen Gould: *Life's Grandeur*）

溪水中遍布已经死亡的鲑鱼，鱼身侧翻，颜色苍白，被挡在一块块岩石前，它们将成为鸟类及别的动物在冬季来临前的大餐。它们的残骸也将慢慢腐烂在地里，成为大树的养分，让森林成长得更加茂盛。死亡的宿命竟驱使它们奋不顾身地跃上一层层的演化阶梯。奋勇前游的鲑鱼、刚刚产出的鱼卵和已经死亡的鲑鱼同时挤满在同一条小溪中，看到这样的情景，我的感觉和大多数人一样，非常震撼，而且心怀凄凉。

但是我知道，我们的凄凉感来自生命演化史与人类文化史的巨大差异。生命的演化极其缓慢，世界充满着限制。地质学家和古生物学家使用的时间是以几十亿年计算的，而人类文化的蕴涵是：速度很快，潜力巨大，可以累积方向性。而我们的思考与感觉的时间，仅是地质学上无法量度的一个“微瞬”。

人类历史上有两位巨人，一起诠释我们的地球与生命的真谛。达尔文在他那本革命性巨著《物种起源》的结语中引用牛顿的话：

> 地球依照重力定理绕行太阳，
> 从这么简单的起源，
> 演化出无数最美丽、最奥妙的事物。

然后他自己加上这句话，作为结束：这样的生命观，庄严、高贵而且壮阔。

这条清澈的小溪，就这样演绎着生命的壮阔。

凤凰散记

程奇逢

湘西凤凰是个令人着迷的地方。古城里历经沧桑的青石板路和“得得”地走在路上的乡民，沿江厚重的古城墙，灰黑的颜色上勾着的白色砖缝，沱江上华丽的虹桥和朴素无华的跳岩，都令我着迷。而最令我着迷的是，江边吊脚楼那一串串的红灯笼，它撩拨着你内心深处某种神秘的情感，唤醒你流淌在血液里的远古记忆。

引我来凤凰的是沈从文的小说，书中山水灵动多情，人物鲜活欲出，令我心向往之。“欲问行人去哪边，眉眼盈盈处。”在国内诸多的旅游名胜中，我自然把它列为首位。一位作家若能让读者牵肠挂肚地想进入他创作的“虚拟现实”故事中，去身临其境，那就是他巨大的成功吧。2007 年初秋，我终于成行，现在回想起来，那是一段梦幻般的旅行。在中国旅游和买房子都是动手越晚越亏，听说这些年来那里已经商业化得不行了。

行前就计划要多待几天，几个下午，我携一本书去吊脚楼酒吧，临窗望河，太阳照在身上暖暖的，有时书也不看，只是呆呆地望着缓缓流淌的沱江水和街上川流不息的行人，脑子里什么也不想。我们生命中的时间大多要承载许多沉重的东西，艰难而又匆匆地流动——工作，家计，该承担的责任，人际间的交往……倘有短暂的时间可以无念无思，如轻舟无载，绿水青山中悠悠漂流，那样的境界可真好啊。

这里的红灯笼也与其他地方不同。红灯笼在中华文化中是一个符号，象征喜庆欢乐。天安门城楼上的红灯笼，顶部有结实的金属吊件，下部有长长的黄色穗子，四平八稳，对称和谐，极具仪式感。各地节日里挂的红灯笼也大多摆置讲究，庄重典丽。凤凰的红灯笼，小巧随性，不加修饰，一串串挂在吊脚楼檐下随风摇摆，像是小镇上慢悠悠走过的穿红衣服的姑娘。那些红灯笼影影绰绰，受沈从文小说的影响，恍惚间还感到有些暧昧的味道。

到凤凰的那天，赶上一位大嫂向我兜售她的导游服务。她家有条竹筏，可以带我江上漂流，她也可带我去各处景点和沈从文的墓。开始我不置可否，但她紧跟不舍，我觉得可以有舟行之便，省问路之烦，价钱也公道，便答应了。第二天，她来酒店接我，我提了一个额外的要求，想去她家看看，看看当地人的生活，她也答应了。我去各地旅行，如有条件都设法去拜访当地居民的家，在西双版纳、丽江、阳朔、香格里拉等地都这样做过。她家离城中心区不远不近，步行一里多路，在沱江边，一座用石头和砖建的简陋房屋，隔成两间，一间做饭和吃饭，另一间是睡觉的地方，屋里家具简陋，但有一台老旧的电视机。她说山坡上有自己的耕地，种点粮食蔬菜够家人吃，河岸上系着一条竹筏，可挣零花钱。那时物价便宜，每月如有二三百元收入，已经很富足了。相隔二三十米的邻居家是相同样式的砖石房子，门前也都系有一条竹筏。大嫂领我上她的竹筏时，邻家妇女与她打招呼，大意是羡慕她今天拉到了客人。

竹筏在沱江里漂流，十分平稳，大嫂手持长篙，先往上游航行，在虹桥那里，两岸商铺林立，游人如织。有旅行团的游船，他们还组织两船的游客互相斗歌，我请大嫂往下游走，远离了尘嚣。一会儿周围就都静了下来，只有竹筏分水的声音。河两边是些小山丘，并不耸峭雄伟，山丘上的树有些杂乱，并不郁郁葱葱，就连河岸也是散漫的，河水与岸的距离忽远忽近，中间是浅滩，只有江水极为清澄、漫长、悠远。岸上不知何处飘起炊烟袅袅。也不知何处响起蝉鸣几声。这样的情景很容易让你拾起沈从文《湘行散记》里的遗风余绪。

20 世纪 30 年代中期，沈从文雇船沿湘西几条河航行。在寒冬的风雪中，沈从文的船夜泊在了一个小镇。天亮时，停靠在那里的船纷纷准备启程，前一晚，“晃着火炬到吊脚楼人家去同宽脸大奶子妇人纠缠的水手们，从妇人热被里脱身，皆在河滩大石间踉跄走着，回归船上”。但沈从文旁边的船上，一个叫牛保的水手仍在妇人的热被窝里赖着不肯回来，在被同船的水手一再用粗话辱骂后才迟迟归来。而“吊脚楼人家窗口，露出一个年青妇人鬓发散乱的头颅，向河下人锐声叫将起来……‘牛保，我等你十天，你有良心，你就来’说着，嘭的一声把格子窗放下了。这时节眼睛一定已红了”。蓝布短衣，肩膀宽阔，手中拎着一个填得满满的棕衣口袋的牛保从沈从文的船边路过，沈从文与他打招呼，牛保把那个与他相好的“河街女人”送给他的一些核桃转送给沈从文，沈从文于是以几个苹果回送。没想到牛保拿到苹果，竟又返身跑回那个女人住的吊脚楼，任由同船水手更加激烈地辱骂。

沈从文的船启行了，他在船里吃着牛保送他的核桃。沈从文写道：“那水手虽然这时节或许正在急水滩头爬伏到石头上拉船，或正脱了袴子涉水过溪，一定却记忆着吊脚楼妇人的一切，心中感觉十分温暖。……十天完了，过年了，那吊脚楼上，一定门楣上全贴了红喜钱…… 锅中蒸了一笼糯米，热气腾腾的倒入大石臼里，两人就开始在一个石臼里捣将起来，于是当真过年了。又是叮咛与眼泪，在一分长长的日子里有所期待。”

湘西那些河上的水手，年年月月在急流、浅滩、危石中航行，以命相搏，换来微薄的钱财，除了用来果饱饥饿的身体外，就是用来填补感情上的渴求。在沿岸几个小镇的吊脚楼上都有他们相好的，而吊脚楼上的妇人们也都有几个固定或不固定的情人，用令男人们销魂的柔情抚慰他们粗粝的身心。河街女与水手皆不是互相独占，但水手妇人处久了，心中的感情浓密了，也就演绎出现代人不能理解的“爱情”。

当“文明人”为婚姻与背叛，爱情与出轨纠结不已时，沈从文却从人性中最深层的部分，给予湘西水手那种野性原始的情感最宽厚的理解与毫不含糊的肯定。在谈到水手们同河街女的情感纠缠时，沈从文说，“我觉得他们的欲望同悲哀都十分神圣”。（沈从文:《湘西散记——一个多情水手与一个多情妇人》，人民文学出版社）

回到岸上，我又去了沱江边的小街，街上满是酒吧和卖旅游商品的店铺。一个女孩子倚门吹着葫芦丝在兜售，她正吹着《芦笙恋歌》里的插曲《婚誓》，吹得委婉动听，我忍不住停了下来。她递给我一只葫芦丝，“葫芦丝好坏全在簧片，簧片好，吹起来容易，音色也好听，我家葫芦丝的簧片都选最好的。”她的神情简单而又快乐，天生容易与人亲近。我说，你要是能在半小时内教会我吹这支曲子，我就买。那时客人也不多，她就认真地教我，我学过音乐，所以不费什么力气就学会了。我们俩皆大欢喜，她不到半小时卖出一只两百多元的葫芦丝（在当时那算是很贵的），而我短时间内学会了一种乐器。我拿着包装漂亮的盒子离开，女孩儿兴奋地跟我挥别。

街上还有些特色小首饰店，女性游客在店里出出入入。很多人打扮入时，娉娉婷婷，这条傍着清澈的江水，倚着黑色檐瓦原木色板房的小街也就妩媚了起来。突然，我觉得眼睛被闪了一下，那灼灼的魔光来自十步开外一个迎面走来的女人。其实，她完美的身材比例、与众不同的气质、一身深色的衣服只是一个混合在一起的模糊印象，只有她那张脸清晰无比，令人一望不能忘却，她脸的轮廓及五官如果可以拿去修改，没人会知道如何能改得比这还好。白皙的皮肤上，五官显得有些锐利，但眼睛却明亮温柔，可以想象当它顾盼生媚时会怎样摄人魂魄。她走进一家首饰店，我继续向前走，在前面掉头，又碰见她从首饰店里出来，走进另一家店。她应该是长沙或湖南哪个大城市里的职业女性，步态表情自信而大度，但她怎么会一个人跑到这里来呢？

从沈从文时代到 21 世纪，沱江边的女人从来都是最能搅动人心的神秘力量，盛开凋谢，悲欢轮回，演绎出一代代令人咏叹讴歌故事的都是她们。男人们无论闯荡到哪里，都要回到女人身边。我常想，引导人类的，也许不是“历史”，而是歌德赞颂的“永恒的女性”，这存在于人类的宿命之中。

离开凤凰前一天下午，我又去吊脚楼酒吧，凭窗而坐，窗下是沱江缓缓的流水。沈从文曾说:“教给我思索人生，教给我体念人生，教给我智慧同品德，不是某一个人，却实实在在是这一条河。”(沈从文:《湘行散记》，人民文学出版社)

湘西大地位于传统文化中心的洞庭湖平原与少数民族聚集的蛮荒山区之间，沅水发源于云贵高原的云雾山，穿行于湘西的武陵山脉，在常德汇入洞庭湖。凤凰位于沅水中游的支流沱江边。沅水两岸世代居住着敢爱敢恨又坚毅勇敢的人们。

凤凰古城的导游热心地向游客们介绍凤凰走出的名人，除沈从文外，还有“画坛鬼才”黄永玉，民国总理熊希龄，曾任钦差大臣、云贵总督的田忠恕等众多历史名人，导游们为凤凰一个小地方出了这么多名人而自豪，他们没有责任告诉游客为什么会出现这种情况，而我在沱江边的酒吧里却饶有兴趣地思索着这独特的“凤凰现象”。

根据历史学家汤因比的文明发展理论，一个新的富有生命力的文明往往是在另一种文明力量(有时被他称为“灾难”)的冲击下产生的，这种外力的冲击，不能太弱也不能太强，太弱起不了作用，太强有时会被冲垮。(阿诺德·汤因比:《历史研究》，上海人民出版社)湘西文化不正是正统的汉文化被当地少数民族的“巫文化”不强不弱地冲击的结果吗?湘西“赶尸”“辰州符”“放蛊”那些真假莫辨、原始混沌的东西，恰是人类幼年时的天真幼稚，是人类还未切断与大自然相连的脐带时的表现，他们对自然充满依赖与无限的敬畏。以汉文化为主体的中华文明，早熟、智慧，然而千年时光的消磨与封闭后，开始老迈龙钟，蹉跎停滞，中国传统文化的生命力出现萎缩。湘西文化的自然野性，对它正是一股冲击的力量，注入一股新鲜之风。沈从文、黄永玉等人也许正是从湘西文化中感染体悟到这股生命的活力，又使用他们从汉文化中获得的成熟与学养，创作出恒久地感动我们的作品。

暮色降临，沱江中的流水声似乎大了些，两岸吊脚楼上的红灯笼陆陆续续点亮了，影影绰绰，牛保、翠翠、开明、戴水獭皮帽子的朋友……一个个鲜活的人物，因着沈从文的书写，会永远在湘西的河流上行走，被红灯笼忽明忽暗地照亮。

湘西，这片神奇的大地，大地上多情的人们。

回眸唐朝

——“黑石号”遗存的历史魅力

程奇逢

“黑石号”的发现

2015年初春，我们几个朋友聚会，画家张宏图告诉我，唐代沉船“黑石号”的部分文物正在加拿大多伦多的阿迦汗博物馆（Aga Khan Museum）展出。我听后兴奋不已，当即买机票飞往多伦多。展览名为“The Lost Dhow: A Discovery From The Maritime Silk Route”——“失去的独桅帆船：海上丝绸之路的发现”。

“黑石号”的发现过程十分神奇。印度尼西亚勿里洞岛水域盛产海参，近年来常有潜入水中捞取海参的当地人被某种利器划伤，也有人捞出一些瓷器碎片。他们的潜水工具简陋，结果就不了了之。但这消息却传了出去，更为神奇的是，竟然传到德国水泥厂老板蒂尔曼·沃特法那里。沃特法之所以和万里之外的印尼小岛扯上关系，是因为他的弟弟娶了个印尼女人。

沃特法决定通过专业打捞公司看看能找到什么宝贝。打捞过程持续了9个月。1999年6月，一艘完整的沉船及数万件珍贵的文物被打捞出来。这是一艘公元9世纪的阿拉伯单桅船，在扬州采购了满满一船的瓷器和金银器等货物后，在广州重新打包装船。返回阿拉伯半岛途中，在勿里洞岛附近海域触礁沉没。沉船附近的海床结构为黏土层而非岩石，海底厚厚的黏土形成保护层，所以船上的物品虽历经近1200年，大多保存完好，船体结构也基本完整。由于沉船所在地有一块黑色礁石，沃特法把它命名为“黑石号”（Batu Hitam，这是个印尼语）。

沃特法的豪赌大获成功，他出价4000万美元拍卖，最终新加坡“圣淘沙”机构以3200万美元购得这艘船及其全部珍贵文物。“黑石号”现陈列于新加坡的“亚洲文明博物馆”中。

“黑石号”的文物约7万件，瓷器占绝大多数，6.7万多件。其中的长沙窑瓷器有5.65万余件。其他的还有精美绝伦的金器、银器、铜镜、银铤等器物。有一件长沙窑瓷碗的外壁刻有“宝历二年七月十六日”的铭文。宝历二年为唐敬宗年号，时为公元826年。结合其他器物考证及对船中有机物的碳14测定，此船航行的时间为公元9世纪30年代或40年代。

与以往中国考古发现不同的是，“黑石号”文物是“出水文物”，而非“出土文物”。这一字之差，包含了非同寻常的意义。它为我们研究唐朝历史乃至世界中古史开辟了一个全新的视角和思考的方向。

以前中国历朝历代的考古文物，主要是通过墓葬和田野挖掘获得的。那些墓葬文物带有某种方向性，它是某些家族，特别是皇室贵族的用品，显示其身份等级或者保存其私人爱好是这些墓葬品的主要特征，所以它带有明显的局部性和局限性。而“黑石号”的文物是作为商品贸易，特别是海外贸易的遗留，直观全面地展现了当时的社会状态，它让我们得以近距离观察唐朝人的生活方式，包括民间的商贸活动，文化精神生活。这样的机会对我们来说十分难得，所以这约 7 万件“黑石号”出水文物弥足珍贵。

两年之后，2017 年 3 月，美国亚洲协会（Asia Society）从新加坡借出数百件“黑石号”文物，在纽约举办了一次特展“海洋的秘密：唐代沉船与亚洲早期贸易”（Secrets of the Sea: A Tang Shipwreck and Early Trade in Asia）。这次是在家门口展出，我三次前往参观。徜徉在近 1200 年前瑰玮的艺术珍宝间，沉浸在历史遐想与迷思中，那是一种极为愉悦的心灵享受。

“黑石号”在扬州

公元 835 年前后的一个夏天，桅樯如林的大运河上驶来一艘帆船，它从长江与运河的交汇处北上，目的地是扬州。这船与周围的船很不一样，船身是产自东非的缅茄硬木木板，用椰壳纤维“缝合”捆绑而成，缝隙处以橄榄汁填塞，船中并无一个铁钉或木榫。船的甲板上站着十几个蓄着胡子的波斯水手，他们历经惊涛骇浪、炎日暴晒，尽显疲惫，扬州的繁华靡丽融化了他们胸中的刚毅，眼中流露出无比的惊奇与向往。对这样一艘“怪船”和一群“怪人”，当地人却见怪不怪。运河上从新罗、吕宋、印度驶来的“蕃船”终年不断，尤其是每年的这个季节，有很多波斯商船利用夏季的西南季风来到扬州。

他们的一个阿拉伯同胞已经连续几天来到码头等候，他是扬州一家“波斯店”的老板，扬州有十几家“波斯店”，出售产自中东地区的香料、珠宝、麝香及热带地区的奇珍异玩，这个波斯店老板还兼做阿拉伯商船主人在扬州的代理人。

公元8世纪，阿拉伯商人获得了印度洋、太平洋海上贸易的主导权，除了造船及航海技术的发达之外，阿拉伯人具备了集资经营模式及契约信用体系等跨洋贸易所必需的条件，这点是华商几千年来都没解决好的问题。阿拉伯商人必须在沿途港口都有牢靠的据点。唐朝中晚期，阿拉伯人在扬州、广州、泉州等地都有穆斯林商人居住的“蕃坊”，其人数之多，中国史书都有详细的记载。

公元8世纪，中国也出现重要变化，商品经济空前发展，人们轻商的习惯开始转变，经济重心转向南方。“扬州富庶甲天下，时人称扬一益二”，扬州超过长安与洛阳，成为中晚唐最繁华的城市，更具重要意义的是，它是作为商业中心而非政治中心登上历史舞台的。

“春风十里扬州路，卷上珠帘总不如。”一个城市的繁荣程度与它的夜生活尤其是夜晚的酒楼歌馆分不开。“二十四桥明月夜，玉人何处教吹箫。”杜牧也许是那时生活在扬州的代表人物，自由不羁，风流倜傥，那是东方文明的亮丽涂在他身上的色彩。汤式在《忆维扬》中形容：“十万家画栋朱帘，百数曲红桥绿沼，三千里锦缆龙舟。柳招摇，花掩映，春风紫骝；玉玎珰，珠络索，夜月香兜。”“黑石号”选择扬州来与令全世界艳羡的中国商品相会。

5.65 万余件长沙窑瓷器通过水路从长沙运到扬州，可以确定，很多瓷器的图案是按照船主人要求定制的，有些瓷碗上有印度和中东特有的摩羯鱼图案，甚至有阿拉伯文“安拉伟大”的字样。一只天鹅团花金碟上，数千条刻线，每一笔都精准细致，一丝不苟。最吸引人的还是一件白釉绿彩高足长柄壶，它经常出现在“黑石号”展览手册的封面上。壶高约 1 米，中间有个球形容器，壶身及底座是阿拉伯风格的菱形花叶纹样，壶顶是一个生动活泼的龙头，细细的长柄与壶身是一次性烧制的，难度很大，除龙头外，其造型与迄今为止在中国发现的任何一件瓷器毫无共同之处，推测是为阿拔斯的皇宫定制的。

几天以后，“黑石号”船主与他的代理人出现在扬州市中心。这里店铺鳞次栉比，人头攒动，入夜之时，笙歌盈耳，珠翠塞途。有几条街是专营海外贸易的中国商人集合地。中晚唐之后，中国首次出现了批发商和行销商，在农产品及手工艺品产地采购并运至商业中心及海外贸易中心所在的都市，他们与买卖双方都保持着亲密的关系。

船主人走进一家店铺，这里的一切他都再熟悉不过了，连续几年来与店主人谈生意，像是老朋友了。现在，从展示“黑石号”文物的博物馆，向唐朝回望，想象近1200年前在这家店铺中完成的远洋贸易，那该是一幅不漫不漶的历史白描。

秋天到了，修整一新的独桅帆船装满货物，补充了船员所需的淡水与食物，乘着一年一度的太平洋东北季风，重新驶向海洋。

所有的成功与失败，幸与不幸，连同“在场者”的勇敢与怯懦，高尚与卑鄙一起构成了历史，纵然结局成谜，遗踪难寻，那都是人类历史的遗存。

掀开历史幔帐的长沙窑

中国史籍中对一些著名瓷器窑口的记述颇详，例如唐朝的邢窑、越窑；宋朝的汝、官、哥、钧、定五大窑以及景德镇，这些名字与中国历史上一些名人及重大事件同样脍炙人口。而长沙窑则名不见经传，从未见于任何史书记载。1956 年长沙窑遗址在长沙市望城区铜官镇附近被发现后，渐渐引起人们的注意。而这次“黑石号”上数量惊人的长沙窑瓷器面世，才真正令人们对它的重要性加以关注。

长沙窑是民窑，它还有个称谓叫“外销窑”，因为近年来在东南亚、中东、西亚等地都发现了一些长沙窑瓷器。长沙窑真正兴盛的景象不过持续了一百多年，始于东汉晚期，衰落于公元 10 世纪初（五代十国期间）。从“黑石号”长沙窑瓷器的数量及铜官镇遗址的考古发现上看，它规模相当大，沿湘江岸边逶迤 5 公里，总面积超过 100 万平方米。聚集了相当数量的工匠，分工详细。

我曾邀请张宏图先生一起去亚洲协会参观“黑石号”展览，他对长沙窑彩绘图案的评价是：“生动，不工不匠，线条生动，大写意。工匠创作时自信，自由，无限制。那时的审美多样，宽容度高。”

2019 年 11 月，我终于有机会去长沙窑访问，省文化馆何东安处长陪我前往，他还是一位著名的摄影家。长沙铜官窑博物馆是展出长沙窑瓷器最完整的地方，参观完我提出想去挖掘遗址看看，谭家坡遗迹馆因改建闭馆，不对外开放，经过何处长的联络沟通，谭家坡遗迹馆对我一个人敞开。长沙窑保存最好的谭家坡 1 号龙窑就位于此，它长 41 米，宽约 3 米，随山坡的坡度而上升，可使火力依势自然上升节省燃料。窑顶已坍塌，窑室内则发现了大量排列有序的匣钵，有的匣钵中还残留有未取出的瓷碗（李辉柄等编:《长沙窑》，湖南美术出版社）。

遗迹馆的面积很大，它展示了古代瓷窑的整个工作流程，在这里我看到焙烧时测试窑温和火候的“火照”，修胎刷釉的工具，翻模成型的旋轮，一件件泥土坯胎，经过窑火鬼斧神工的演绎，成为瓷器传奇。有一些瓷器的碎片，经过黏结，还原成艺术品，陈列在玻璃柜中。而更多数量的残片，则存留在一千多年的陶坑中，上面铺上厚厚的钢化玻璃，让我们从历史上走过。

由于“黑石号”的发现，长沙窑揭开了神秘的面纱，对着由于没有别的观众而显得更加空旷缥缈的遗址，我觉得长沙窑还握有更多的秘密。它像一个伟大的哲学家，提出问题，让无数代后人孜孜矻矻地思索。

根据专家推算，谭家坡 1 号龙窑一次可烧制 3 万件瓷器（李辉柄等编：《长沙窑》，湖南美术出版社），铜官镇附近出土的龙窑遗址有几十处，它的产量是巨大的，这从“黑石号”所载长沙窑瓷器的数量也可看得出来。那么长沙窑的生产必须是工业化规模才能完成，而且窑口工人已经采取流水线的生产方式，并具有专业分工，包括窑炉建造维修工人、窑炉烧制工人、颜料和泥料备料工人、瓷坯制作工人、图案绘制工人、搬运包装工人等等。烧窑是全年不分季节的工作，这些工人是否必须脱离农业生产，难道中国在唐朝时就有“工人阶级”？长沙窑是民窑，没有官家投资，那么，这么多的窑口是谁投资的？谁来承担投资风险？谁去接订单谁去销售？难道那时还同时产生了“资产阶级”？

“黑石号”上的一件长沙窑瓷器，刻有“湖南道草市石渚盂子有明（名）樊家记”，“湖南道”是当时的行政区划，“草市”是指唐朝因当地的某种特产而产生的交易市场，“盂子”是这件器物的名称。“樊家记”是指窑主姓氏。别的地方出土的长沙窑瓷器上刻有“卞家小口天下第一”“郑家小口天下有名”“庞家”等。这些明显是广告语，但也是窑主为产品质量提供的信誉保证。

首次世界性的贸易大联通

汉唐是绵长的中国历史上两个最辉煌的朝代，而唐朝的国力及世界影响力更超过汉朝。唐朝的世界主义思想及文化宽容态度使得各国留学生、遣唐使、学者、僧人大量出现在长安、洛阳、扬州等地，这些城市也麇集着大量外国商人，如西域的胡商，“四方珍奇，皆所积集”，这使得公元8、9世纪的中国成为当时世界的中心之一。唐朝的这种地位注定它对外交流达到一个新的高度，由于公元8、9世纪航海技术的发展及海上贸易的低成本，海上丝绸之路成为国际贸易的主旋律，汉朝时商旅不绝的陆上丝绸之路此刻略显落寞。

虽然中国的造船业及航海技术在唐朝时有了发展，但中外商业航海活动，主要是由阿拉伯水手完成的。公元8世纪阿拔斯王朝空前繁荣，它大力发展海上交通与国际贸易。富于冒险精神及技术精湛的阿拉伯水手驾驶帆船，无惧惊涛骇浪，横穿印度洋，越过马六甲海峡，远航到东方。阿拉伯商人在中国的长安、扬州、广州等地设有常驻代表以及波斯邸（货栈）。

阿拉伯商船源源不断地把中国丝绸、瓷器、茶叶、工艺品等运到巴格达，运到中亚、西亚。但这并不是航行的终点，阿拉伯商人继续向西到达拜占庭帝国，从地中海沿岸国家进入欧洲腹地，那时的欧洲正处于文明的衰退期，他们无力主导国际贸易，但他们热爱来自东方的珍宝。这实际上是人类历史上第一次世界联通，800年以后由西欧人主导的第二次世界联通，虽然其规模、范围、技术和政治影响更大，但8、9世纪以唐王朝、阿拔斯王朝和拜占庭帝国为主体的第一次全球化，在人类历史上具有非凡的意义。远洋航行主要由阿拉伯水手进行，唐王朝基本处于静态，然而正是唐朝空前的经济繁荣及文化进步，吸引了全世界，是促成这次世界性联通的最主要因素。

俄罗斯作曲家里姆斯基·科萨科夫的交响诗《舍赫拉查达》，它是根据成书于阿拔斯王朝时期的阿拉伯文学名著《一千零一夜》创作的。第一乐章“大海与辛巴达的船”，总谱上的标注：“广大而庄严”。乐曲的旋律摇晃不定，一波又一波的海浪，把我们的冥想提升。双簧管与长笛演奏的正是大海的蔚蓝色，前行，颠簸前行。当铜管与紧迫的鼓声响起时，那是命运的暴风雨来袭，巨浪滔天，把船撞向礁石，撞向死亡的大门。人，这天之骄子，站起来，与帆的形象同高，穿越海浪。海面宁静了，辽阔，意远，澄莹。渐渐，渐渐，望见了东方的地平线。“黑石号”是庞大的阿拉伯船队中的一艘，正驶向扬州。

有非常多的史料显示阿拉伯商人多次到达日本，阿拉伯船队在印度洋、东南亚航行时还用他们的宗教征服了当地的人们。公元9世纪前后，在已知的世界，人类首次完成了真正的大联通，“黑石号”是见证，长沙窑的瓷器，扬州及中国其他各地的工艺瑰宝也是。

2010年2月，来自印度、斯里兰卡、马来西亚、新加坡、意大利、澳大利亚、美国、英国和阿曼九个国家（没有中国）的17名年轻人，来到“黑石号”的诞生地阿曼，用近1200年前同样的材料，同样的造船方法造了同样尺寸和形状的一艘单桅船，命名“马斯喀特之珠号”，按照当年“黑石号”的航线，从阿曼航行到新加坡，用了138天（Robert Jackson: ARAMCO World，第63卷第3集）。这艘船现在被新加坡政府留下，永久陈列在“新加坡海事博物馆”中。

最后，也许得为“黑石号”的归宿说点什么。约7万件精美绝伦的艺术瑰宝及珍贵的一千多年前的文物，在发现六年以后的国际公开拍卖中竟然落在新加坡手中，这是让人极为遗憾和惋惜的。其实，在“黑石号”发现之初，德国和澳大利亚就邀请了中国古陶瓷专家去澳大利亚参与鉴定，2002年上海举行的一次学术会议上，国内文物界和诸多省博物馆也获悉了“黑石号”的情况。（卢东、李永年:《“黑石号”沉船文物和“莫塞德斯”沉船文物归属所引发的思考》,《文物世界》2013年第2期）2004年4月英国《独立报》发表长篇文章《1200年前的沉船宝藏告诉你一个未被探触过的中国》，报道了发现“黑石号”的神奇故事。2005年新加坡以3200万美元的价格购得完整的船体和船上所有的文物。不知什么原因，中国有关方面毫无作为，把无奈、尴尬和唏嘘留给我们和我们的后代。

令人宽慰的是，如今历史文物的使用及研究已经国际化，正如敦煌文物虽流落各国，却“意外”地形成一门国际“敦煌学”，具有各种文化历史背景的学者，运用不同的方法，从各自独特的视角去研究，收获颇丰。

蒂尔曼·沃特法当年给自己留下 150 个长沙窑瓷碗。2017 年 9 月 29 日，他与长沙铜官窑博物馆签下合约，让它们全部返回故乡。相信终究会在中国举办一个大规模、全面的“黑石号”文物展，让唐朝的辉煌与从容、博大与自信也得以回归，后代与祖先隔着展柜的玻璃目光交会，越过浩瀚的时空手指轻触，逝者未去，继者毕至，一代又一代，精神赓续，绵绵不绝。

帝都废墟上的黄昏

——记元上都

程奇逢

如果问，中国元朝的首都是哪里？大多数的人都会回答："大都，现在的北京。"这是标准答案，但并不准确。因为元朝实行"两都制"，是元上都和元大都。

1260 年忽必烈在开平府即大汗位，1263 年升开平府为都城，定名上都。1264 年改燕京为中都，1272 年又改称大都。从忽必烈开始，元朝共有十一位皇帝，其中六位，包括最后一位元顺帝，都是在上都举行登基仪式的。

有元一代，始终执行"两都巡幸制"。每年农历四月，皇帝率后妃皇子，朝廷百官，以及侍从数千人，浩浩荡荡从大都前往上都，只留中书平章政事，右丞（或左丞）数人守大都。（白寿彝主编:《中国通史·元时期》，上海人民出版社）这段时间，元朝皇帝在上都处理政务，颁发诏令，1274 年 6 月忽必烈征讨南宋的诏令就是从上都发出的。同时在上都也举行传统的狩猎和祭祀活动，联络漠北蒙古各部宗王，蒙古王亲贵族的议会（忽里台）也在这里举行。9 月秋凉，再回大都。当时上都和大都间有四条驿道相通，通常是春天从“辇路”去，秋天从“西路”回。对于习惯于迁徙的蒙古民族来说，这不算是折腾，而是游牧民族生活习性的遗存。

元上都位于现内蒙古锡林郭勒盟正蓝旗的金莲川草原上，在北京正北 250 公里处。

元朝实行两都制有多方面的原因，其中一个原因，是因为忽必烈登上大汗的宝座，不能说是合法的，属于某种程度的“篡位”。

蒙古国的都城是在漠北的哈拉和林，现蒙古国中部杭爱省鄂尔浑河上游，距乌兰巴托西南 365 公里。13 世纪中叶，这里是世界的首都，罗马教皇的传教士、南宋朝廷的使节团、波斯商人的驼马队、高丽王国的进贡者都来这里拜谒。1251 年蒙哥即大汗位后，忽必烈以皇弟之亲受任总领“漠南汉地军国庶事”。忽必烈把他的藩府南移至蒙古高原南缘，闪电河畔的金莲川地区。1256 年命他的汉族臣属刘秉忠选址建造新城，名开平府。

1259 年蒙古大汗蒙哥在围攻重庆的钓鱼城之战中身亡。此时忽必烈正在湖北前线作战，已经突破长江天险，包围了鄂州。他听到蒙哥大汗身亡，立刻中止战斗，率领自己的大军回到他的藩属地开平府，他意识到自己的历史性机会到来了。

蒙古帝国大汗继承制度是这样的，大汗由位于哈拉和林的蒙古贵族院（忽里台）遴选。与嫡长子继承制不同，蒙古帝国在很多时候实行兄终弟承制，这是由于游牧民族的战斗力来自骑兵，必须有一位年富力壮、骁勇善战的人来领导整个帝国。1260 年在哈拉和林附近进行了忽里台大会，成吉思汗直系子孙各部宗王大多数支持忽必烈最小的弟弟阿里不哥，在会议上推立阿里不哥为大汗。出席大会的有察合台汗孙，窝阔台汗孙，术赤孙，蒙哥子等。而支持忽必烈的主要是成吉思汗幼弟斡赤近的孙子塔察儿，他曾因攻宋无功而返受到蒙哥大汗的严厉训斥。

1260 年春夏，忽必烈与阿里不哥先后称大汗，一山不容二虎，解决之道只能付之于战争。1260 年秋，阿里不哥兵分两路，自哈拉和林大举南下，而忽必烈也早有准备。这场争夺汗位的大战打了四年，忽必烈凭借他多年经营的强大军事力量，以及扼守汉蒙交界处的优越地理位置，截断漠北粮食供应，最终取得胜利，登上大汗宝座。

虽然阿里不哥认输，哈拉和林贵族院让步，但忽必烈清醒地认识到他必须保持与漠北蒙古王公贵族们的血缘关系纽带，向他们展示自己是永远属于草原的，要这样做，最好的一个方法就是在草原保留他的一半时间以及另一个首都。除此之外，他也需要冷兵器时代用于闪电战及大迂回战略必备的利器——战马，这只有草原可以给他。

现在，我们可以明白了，为什么忽必烈和他的子孙们一直实行“两都制”。

现在元上都怎样了呢？2015 年夏天我去访问时，那是一片被围起来的“遗址公园”，实际上就是一片废墟。

1359 年元末农民起义中，农民领袖刘福通直捣元上都，焚毁了上都的殿阙，民居，宫苑。10 年后的 1369 年，明朝大将常遇春在追击北元残余势力时，再次摧毁元上都的建筑。在以后的六百多年中，随着金莲花开了又谢，谢了又开，随着一年年风沙层层覆盖了这片草原，这个曾经的帝国之都渐渐被人遗忘。20 世纪的 90 年代，这里是正蓝旗“五一种畜场”，住在上面的 103 户牧民，没有人知道他们脚下曾经是一个大王朝的首都。

我一直对元上都之谜充满好奇，悠然神往。2015 年之夏，决定前去访问。行前我通过历史学家毛佩琦教授介绍，结识了当年参与及主持元上都遗址挖掘工作的魏坚教授，他现任教于中国人民大学历史学院，任北方民族考古研究所所长。

我与魏坚教授有过一次长谈，他说对元上都遗址的挖掘工作起于一次盗墓事件偶然被发现，那是在 1992 年。1982 年他从吉林大学考古系毕业后，即到内蒙古考古队工作，当时他任考古队副研究员，当年考古队即决定对元上都遗址进行挖掘考察，他在那里一干就是 16 年。魏坚教授说选择元上都做研究是他的幸运，他的老师吉林大学林沄教授曾说，一位考古系的学生选择城市考古，是件冒险的事，因为一经选择，就是十年二十年的投入，如果找不到重大的发现，就默默无闻地奉献了他的岁月。但是魏坚坚定地选择了元上都这个项目，取得丰硕成果，成为近年来考古界冉冉升起的一颗新星。他也在锡林郭勒大草原结识了很多朋友，可以一起喝酒，可以掏心掏肺。他给正蓝旗宣传部部长柒拾捌打了电话，请他对我的访问加以关照。这个蒙古族的名字很有趣，当时我没弄清是哪三个字，后来一直叫他“齐部长”。

离开北京后，我到北戴河住了十几天。7月中旬从北戴河开车向西，经青龙，过承德，赴正蓝旗。车开半个多小时，就进入郁郁葱葱的燕山山脉，曹操当年北征乌桓时在这里关山夺路，得胜班师时在附近昌黎碣石山，写下“日月之行，若出其中；星汉灿烂，若出其里”的诗句。现在这里已新修了高速公路，平整宽阔，车子也少，感觉比美国的高速公路好多了。从盘桓在山腰上的高速公路往下望，远远地望见山谷中稀疏的小村落，想象那里的村庄应该山清水秀，那里的人家应该丰衣足食，但是那里的很多年轻人都离开了家乡，去秦皇岛、唐山或者北京，希望挣更多钱。

车过承德，进入另一条公路，车辆突然拥堵起来，路面也破旧狭窄，车速越来越慢，后来干脆停了下来，而且一停就是三四个小时，整条道路成了十几公里长的停车场，大家都下车，有的人甚至围圈打起扑克。在旅游时我常常寻找机会与当地居民聊天。我走进路边的一户农家，主人正在打扫院子，他热情招呼了我，新盖的房子，窗明几净，院角有一个猪圈，他对目前的生活似乎十分满意。我又走进一家杂货店，店主告诉我堵车几乎是天天发生的事，对堵车他并不在乎，相反，这给他带来了好生意。路的另一侧是一片草地，间有小溪流过，草地上的马，有的低头饮水，有的慢慢遛步，马是动物中最漂亮潇洒的物种，逆光照在马背马鬃上，留下明亮有如银器的光彩。等的时间太长了，实在百无聊赖，回到车里睡觉。突然前边骚动起来，大家上车，车辆鱼贯而行，缓慢却不再阻滞。不知先前发生了什么事，也不知为什么没有交警来疏导交通，车到正蓝旗，已是夜晚。

第二天早晨，下起大雨，旗委宣传部负责对外接待的小李打来电话，他建议雨停再去。中午过后，雨停了，小李开车来酒店接我。

元上都遗址位于旗政府所在地上都镇东北约20公里处。雨后的草原绮丽芬芳，时值盛夏，青草丰茂。最动人的是点缀在青草中的金莲花，黄灿灿的。花朵大如手掌，花瓣整齐端庄，中间是鹅黄色的花蕊。这片草原自古就以“金莲川”名之。闪电河在金莲川草原中蜿蜒流淌，远处是龙岗山，低矮却青翠葱郁，与草原像是一个整体。见到辽阔的草原，我心中响起蒙古长调和马头琴的声音。蒙古长调是长风掠过草间欢畅的呼吸，是少女在情人怀中轻轻地跌落，马头琴声就是琴身上那匹鬃须飘扬纵情奔腾的马，一路溅起的粗犷激越的旋律。

我们的车子一直开到遗址公园的门口。元上都遗址已于2012年入选“世界遗产名录”，一块巨大的石碑上用汉蒙两种文字写着“元上都遗址”。公园的售票处是一顶巨大的蒙古包，这有点儿出人意料，但仔细想想，这难道不是一项绝佳的设计吗？大草原与蒙古包。

进门后，参观的人一律乘坐电动旅游车，一车十来人，配一位导游。

第一个景点是忽必烈铜雕像，高7.5米，长34米，据说使用了80吨铜。雕像中，忽必烈正襟危坐，气势如虹。身后站立着文武百官，一侧是他的蒙古族大将，另一侧是汉族及色目人臣属，有刘秉忠、郭守敬、姚枢、八思巴等人，还有马可·波罗。

忽必烈雕像的高度与宽度，是那些将军大臣的好几倍，不成比例。这是艺术创作，不必拘泥，何况中国山水画向来对风景、房舍及人物的透视比例，都不做计较。但在有帝王出现的人物群体绘画雕塑中，帝王的形象必须高大上，以便把臣仆们比成侏儒。这与西方的绘画传统不同。

据考古发现，元上都城市为方形，有外城、内城和宫城三重。外城周长 17 里（边长 2.2 公里），用土夯筑。内城边长约 1400 米，也是土城，外侧用石块垒一层护面。宫城位于内城中轴线稍微偏北的位置，面积约为北京故宫的一半，南北长 620 米，东西宽 570 米，为土墙，外包砖皮。宫城内有大安阁、承应阙、仪天殿等建筑。刘秉忠后来在规划设计元大都时，使用了上都的构建模式，明清两代的北京城建设也深受其影响。（魏坚：《元上都遗址》，中国大百科全书出版社）

上都遗址中保存较好，并向游客开放的是“宫城南门遗址”，门道总长 24 米，宽 5.7 米，券顶坍塌，券门处留有高约 7 米的建筑遗迹。为游客方便，门道现用木板铺成，比走在泥地上舒服多了。旅游车在门道前停下，我仔细观看了城墙的墙体及两个马面，墙体上还有一些残破的青砖。门外设有瓮城，墙体内外两侧均用自然石块包砌，中间为黄土夯筑，夯层厚 12 至 14 厘米。

马可·波罗在他的游记中，对上都的描写是：“忽必烈用大理石和各种美丽的石头建造了一座宫殿，所有的殿堂和房间里镀了金。”“大汗在御花园中央修建一个小亭，亭内有数根美丽的装饰着黄金的圆柱，每根圆柱上都盘着一条龙。这个亭子内的每根竹子长有十寻，一寻约为八尺。亭子的每一方有 200 条以上坚固的丝绳系着。”（马可·波罗：《马可·波罗游记》，中国文史出版社）

我一直认为马可·波罗是个超级“大忽悠”，从未到过中国，他的《马可·波罗游记》是使用波斯人（他在波斯住过多年）提供的二手资料，加上他自己的臆想所写的。整本书谬误百出，荒诞无稽，这是另外一个题目，不在这里讨论。现在我来到上都，正好有机会对上都的建筑遗迹进行观察。

别说蒙古民族从来不以龙为图腾，就是以当时的人力物力从云南运来大理石，以及在干燥寒冷的漠北使用大量竹子做建筑材料，就已十分荒谬。蒙古草原的基质是土，很少有采石场。当时人口稀少，缺少燃料，不大可能大量制作砖，考古挖掘也没在附近发现砖窑遗址，皇宫城墙以青砖垒砌，已属奢侈，其他的城墙主要以黄土夯筑是合理的。

遗址公园的导游都是些年轻的蒙古族姑娘，穿着亮丽的蒙古袍。现今旅游景点导游的讲解词，与社会中沉重下坠的物欲一样，越来越俗不可耐。记得我乘船游漓江，路过兴坪，导游让游客从山的崖壁上猜其中藏有几匹马，猜出的数量越多，他的福气越好。

我们乘坐的旅游车，有时在某个景点重合，我耳边也听到一些导游讲的无聊“故事”。令我奇怪的是，我们这辆车的导游讲解非常专业，这个女孩儿五官秀丽，蒙古舞一般曼妙的身材，一双大眼睛里，草原民族的激情随时溅扬，同车的游客都被她的解说吸引。我注意到她的解说完全集中在史实中，问她，她说刚从内蒙古大学历史系毕业。我偶尔纠正她叙述中一些不准确的细节，也指出所谓马可·波罗元上都之行的不实，这引起她的兴趣。后来，她不断向我询问，倒像我是解说员似的，同车游客也加入讨论，气氛变得活跃起来。分手时我感谢和赞扬了她的讲解。

旅游车返回大门口，我向小李提出，想去看看前面未对外开放的内城遗址及传说中的御天门等宫殿台基。小李说去那里必须步行，来回约一小时，而且雨后路面松软，不好走，但我坚持要去，他只好陪同前往。

先去看内城城墙，四面均有高度不同的夯土墙体，高度约5米，墙基底部垫有石条或片岩做基础。由于上都宫殿建筑多为土木材料，而非马可·波罗臆想的在意大利古代建筑中常见的大理石材料，传说中的大安阁、穆清阁，早已荡然无存，只能从一些建筑台基中加以推测及想象。尽管从航拍中，那些经过整理高矮不同的三重城墙轮廓清晰可辨，但我站在遗址中央，极目四望，除了高大的土陇重重相套，就是一片荒芜的黑土，岁月的残骸了。

楚霸王焚烧阿房宫是中国历史上一件大事，但这绝不是孤例，“楚人一炬，可怜焦土”，眼前元上都遗址就是历史场景历历在目的重现。胜利者对于失败者的宫城必须彻底焚毁吗？革命必须是火焰与暴力，对过去推倒重来吗？胜利者可以对失败者任意杀戮、焚书、烧房，也可以在历史编撰上使用绝对的话语权，所以汤因比说：“历史学家必须提防的事情之一，就是听任胜利者垄断对后人叙述故事的权力。”

杜牧的《阿房宫赋》方奇极丽，尽情痛悼，但它毕竟久远缥缈。我站在这里，感到还有许多可以触摸可以回忆的历史废墟和精神遗址，废墟存在的意义就是提醒我们不要忘记。

等我们回到遗址公园门口，开放时间已经结束，最后一批游客即将离开。太阳渐渐落向西边的地平线，光线柔和得如同情人临别时的叮咛。草原上金莲花在风中摇曳，从容欢快，她正盛开，她会凋谢，她将在下一季再现绚丽的容颜。

暮色中，我向远处黑魆魆的残垣再投去一瞥，心中感到一阵惆怅，每个人只能从他非常短暂的生命这个点上观察历史的长度和宇宙的宽广。创造与毁灭，发现与掩埋，和解与争战，升华与堕落，这一切于我们的生前死后都在发生与重复。

雪莱这样凭吊他终生热爱崇敬的古希腊：

伟大时代在世界上更始，
岁月重返人寰：
大地脱下敝旧的冬衣，

恰似蛇蜕，新装美奂。

天公在笑，宗教和帝国光影摇曳，

像一场春梦留下的残迹。

四手联弹

SI SHOU LIANTAN

图书在版编目（CIP）数据

四手联弹 / （美）王鼎钧，（美）程奇逢著. -- 桂林：广西师范大学出版社，2024.6

ISBN 978-7-5598-6912-8

Ⅰ. ①四… Ⅱ. ①王… ②程… Ⅲ. ①散文集－美国－现代 Ⅳ. ①I712.65

中国国家版本馆 CIP 数据核字（2024）第 086976 号

广西师范大学出版社出版发行

广西桂林市五里店路 9 号　邮政编码：541004

网址：http://www.bbtpress.com

出版人：黄轩庄

全国新华书店经销

广西广大印务有限责任公司印刷

桂林市临桂区秧塘工业园西城大道北侧广西师范大学出版社集团有限公司创意产业园内　邮政编码：541199

开本：880 mm × 1 230 mm　1/32

印张：8.875　插页：2　字数：150 千

2024 年 6 月第 1 版　2024 年 6 月第 1 次印刷

印数：0 001~6 000 册　定价：52.00 元